KB198858

도서관에 몸담고
꿈을 듣다

도서관에 몸담고 꿈을 듣다

펴낸날 2024년 10월 30일

지은이 박경희
펴낸이 주계수 ∣ **편집책임** 이슬기 ∣ **꾸민이** 공민지

펴낸곳 밥북 ∣ **출판등록** 제 2014-000085 호
주소 서울시 마포구 양화로 156 LG팰리스빌딩 917호
전화 02-6925-0370 ∣ **팩스** 02-6925-0380
홈페이지 www.bobbook.co.kr ∣ **이메일** bobbook@hanmail.net

© 박경희, 2024.
ISBN 979-11-7223-040-1 (03810)

※ 이 책은 저작권법에 따라 보호받는 저작물이므로 무단전재와 복제를 금합니다.

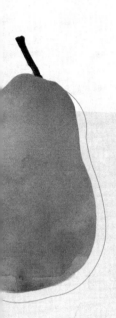

도서관에 몸담고 꿈을 듣다

박경희

오십 중반,
경력 단절을 벗어나 도서관에서 근무하게 되다

밥북
B·OO·K

작가의 말

도서관을 이용하는 불특정 다수의 많은 분들이 피워내는 삶의 이야기를 듣습니다.

잔잔한 바람인가 하면 거센 폭풍우처럼, 그러다 화사한 봄인가 하면 폭설이 난무한 한겨울처럼 한이 서린 듯, 이용자분들의 이야기를 듣노라면 사색가도 아니면서 삶의 시간을 생각하게 합니다.

어쩌다 선택한 직업이 아니라,

제게는 운명처럼 마주한, 수많은 삶의 파노라마가 항상 새롭게 펼쳐지는 도서관입니다.

짧지 않은 시간에 보고 듣고 느꼈던 진솔한 이야기가 살아오신 인생의 페이지에 긍정의 미소로 남겨진다면 참 좋겠습니다.

소중한 개별적인 삶의 순간들의 이야기가 세상에 나올 수 있도록 도움을 주신 밥북출판사에 깊은 감사를 드립니다. 고맙습니다.

2024년 가을에
박경희

차례

하나, 도서관 예찬

둘, 사랑 곱하기 천 배

셋, 머리 위로 달리는 전동열차

넷, 청와대 신문고에 민원을

하나,

| 도 | 서 | 관 | | 예 | 찬 |

1. 지원합니다

'할 수 있을까? 한 번도 생각하지 않았던 분야인데.'

지원 서류 지참하고 망설임으로 무거운 발걸음이다.

점심시간이라 남자분 혼자서 자리를 지키고 있다.

"저, 사서 업무 보조 지원하고자 왔는데요."

쉰 중반이면 퇴직을 코앞에 둔 나이다. 시청 홈페이지 일자리 검색을 하던 차 알게 된 직업군이다. 지원 자격 조건이 3항으로 되어 있는데 그중 컴퓨터관련자격증 소지자라는 조건이 해당된다. 나이는 무관한지 문의 전화 후 용기를 내서 서류를 제출하고자 방문했는데 하필 점심시간이라 담당자가 자리를 비웠다.

그냥 제출하고 가라고 하는데 돌아서다 말고 이미 퇴직할 중년의 나이. 특별히 내세울 것 없다는 자격지심에 다른 분들이 보면 부끄러울 것 같아 다시 사무실로 들어섰다.

"절대로! 절대로! 열어보면 안 되고요, 담당자한테 꼭 전달해 주셔야 합니다!"

힐끔 나를 바라본 그분은 예, 짤막하게 답변하고 시선을 거둔다.

나도 남들만큼 직장을 오래 (18년간) 다녔다. 자녀 교육에 신경을 써야 할 것 같아 퇴직을 만류하는 지점장님의 말씀에도 미련 없이 퇴직했던 금융기관이다.

아이가 학업을 마치고 자리매김을 하자 다시 일을 하고 싶었지만 이미 쉰 중반을 넘어가는 늦은 나이에 일자리를 찾는 것은 하늘의 별따기 수준이다.

정보화 시대에 뒤처지고 사회적으로 필요한 자격증도 갖추지 못한, 마음만 창창한 중년의 아줌마였다.

자격증을 취득하자!

자격증 취득관련정보를 검색하다 집 근처에 직업학교가 있음을 확인하고 상담 후 입학했다. 직업학교 재학생들은 모두 나이가 어린 예쁜 청춘들. 나는 세대를 건너버린 환영받을 수 없는, 물에 둥둥 떠다니는 기름이었다.

그래도 자격증을 취득하려는 열정으로 수업에 몰입했다. 모르면 묻고 또 물으면서 담당 선생님을 괴롭힌 결과 졸업할 때 자격증 3개를 취득했다.

그 자격증을 기초로 시청 일자리를 검색하던 중에 도서관 사서 업무 보조 채용공고를 확인하고 없는 용기를 끌어올려 지원한 것이다.

"꼭! 담당자한테 전달해 주셔야 합니다! 잊지 마시고요!"

사무실을 나오며 쉰 중반 여인의 마음은, 될까? 안 될까? 긍정과 부정으로 분분하다.

집으로 오는 길, 내 수선스러운 마음을 아는지 모르는지 봄은 무르익어 목련과 진달래가 흐드러지고 길옆 틈새마다 노란 민들레가 화사하다.

2. 도서관! 근무 시작합니다

합격 통지를 받았다.

3개월 단기간 근무라 망설이던 내게 신중히 생각하라며, 1년 용돈은 되지 않겠느냐는 지인의 충고에 근무하기로 결정했다.

나이 탓일까? 이렇게 떨리고 설레는 마음은 첫 직장에 발령받아 출근하던 아득한 예전의 설렘과는 비교도 할 수 없었다. 이미 퇴직 대열에 합류하는 나이에 전혀 생각지도 않았던 업무를 시작하려니 두려움도 컸다.

내가 자주 이용했던 도서관의 기억은 서울역을 바라보고 자리한 남산산도서관인데, 이용자가 많아 열람실이 만석이 되면 서대문에 있는 4.19도서관을 이용했다. 매우 엄숙하고 발소리가 들리면 퇴실당할까 염려스러워

까치발로 조용하게 다녔던 곳. 키가 작은 탓에 사복을 입고 입실하려면 학생증을 요구받던 곳이다. 데스크에 앉아 있는 사서 선생님의 모습은 근엄하기까지 했다. 책을 원 없이 읽을 수 있어 좋겠다는 막연한 생각은 했었다.

취업한 후에는 직장 도서관을 이용했다. 그때와 다르게 지금은 지역마다 시립도서관과 작은 도서관이 있어 지역 주민들이 사랑방처럼 이용하고 정보를 공유하는 소통의 공간으로 자리매김한다. 엄숙함과는 거리가 멀어지고 어린이 자료실이나 유아 자료실은 살짝 수선스러워도 생동감이 있다는 느낌에 좋기만 하다.

데스크에 앉아 이용자를 맞이하는데 걱정과는 다르게 즐겁고 신난다. 자녀 교육을 계기로 직장을 퇴직하고 오랜 시간이 지난 후 다시 사회로 복귀한 마음은, 경력 단절에서 벗어났다는 축복과 행복의 시간이었다.

첫 출근 날이다. 관장님께 인사드려야 한다는 선생님을 따라 관장님실에 들어간 순간 뒤통수를 강하게 맞은 느낌이다.

'앗! 어떡해!'

지원 서류를 제출하며 서류는 꼭 담당자에게 전달해 주셔야 한다며 재차 다짐을 받았던, 사무실을 지키던 남성분이 관장님이셨다. 나를 보면서 얼마나 웃으셨을까.

"잘 부탁합니다!"

한마디를 듣고 자료실로 오는데 많은 생각이 머리를 복잡하게 했다. 말을 아껴야 했었는데, 필요 없는 말을 쏟아냈으니 후회한들 그 시간이 되돌아오는 것도 아니고 단기간 근무니 잘하자! 잘하면 되는거야! 자신을 위로했다.

어찌 되었든 늦은 나이에 일자리를 얻은 나는 출근 시간이 기다려지고 도서관을 방문하는 이용자들이 반갑기만 했다.

처음엔 도서관에서 사용되는 단어들과 컴퓨터 작업 매뉴얼도 생소해서 동료 선생님을 난감하게 만들었지만, 완벽을 추구하는 성격 덕분에 빠르게 적응이 되었다.

근무하다 보니 딱 내 적성이다.

데스크에 앉아 있으면 시간이 화살처럼 빠르다. 수많은 책이 여행을 떠나고 돌아오는 반복적인 회전으로 책들은 행복하겠다는 생각도 들었다. 낡은 도서는 그만큼 독자들과의 만남이 있었을 테고, 새로 반입되는 신간도서는 사람들과의 만남을 반듯한 상태로 기다리고 있다.

독자와 행복한 만남을 수없이 반복하다 수명을 다한 도서들은 분리된 서고에 보관되어 다른 곳으로 마지막 여행을 기다리고, 나는 도서관 근무라는 새로운 시간여행으로 빠져드는 중이다.

3. 선생님은 친정 엄마 같아요

도서관 업무에 적응하던 봄날이다.

"선생님! 책 한 권만 추천해 주시겠어요?"

서른 중반의 여성이다. 가만 보니 소설책이나 전문 도서를 추천해달라는 표정은 아닌 듯하고 그렇다고 성인 자료실에서 어린이 도서를 추천해달라는 것도 아닌 것 같다. 책을 보는 대상이 누구냐고 물었더니 중학교에 입학한 자녀라는 답변에 어떤 사연이 있을 거라는 짐작이 들었다.

자녀를 키우는 엄마의 마음으로 그 여성의 마음을 살짝 두드려본다. 예상대로 자녀가 중학교에 입학하자 부득이한 사정으로 전학을 하게 되었다는 것이다. 자녀는 본인의 생각과는 무관하게 낯선 외딴섬에 뚝 던져진 것이다. 초등학교를 졸업하면 거의 근처 상급 학교에 동무들과 함께 진학하는데 갑자기 핀셋으로 콕 들려져 전혀 엉뚱한 곳에 내려놓았으니, 아이의 심정이 얼마나 난감할까.

"어머니! 아드님에게 아무 말도 하지 않는 것이 좋을 것 같아요. '엄마가 정말 미안해, 네가 얼마나 힘들지 알아, 아들아! 사랑한다! 정말 미안하구나!'라는 말 외는 그 어떤 말도 하지 말고 이 책은 책상에 펼쳐놓기만 하세요."

절대로 일반도서는 거들떠볼 생각도 않을 터이니 쉽게 웃을 수 있는 책이 나올 것 같아서 전해준 책은 청소년 유머 책이다. 한바탕 웃을 수 있는 내용이지만 가족의 사랑을 담고 있는, 부담 없이 누구나 쉽게 볼 수 있는 책이다.

"꼭 제 친정어머니, 언니 같아요! 정말 고맙습니다"라며 눈물을 글썽인다. 내가 적절한 책을 제대로 추천했는지 알 수 없지만, 내 아이라면 나 역시 웃을 수 있는 도서를 추천했을 것이다. 이용자의 도움 요청에 마음을 읽어내는 적당한 눈치는 있어야겠다는 생각이 들었다. 나는 눈치가 빵점인데 눈치 공부도 해야겠다.

그 어머니는 며칠 후 다시 찾아왔다.

"선생님! 아이가 방 안에서 웃는 소리가 들렸어요! 반납하고 다시 도서 추천을 부탁드릴게요."

재차 유머 시리즈 후속편을 추천했다. 아이는 닫아둔 문을 열었다고 한다. 그 후 어머님은 몇 차례 더 방문하면서 아이의 상황을 들려주었다. 책도 약이 된다는 사실을 실감했다. 참 다행이다. 약국 처방이 아니라 도서 처방을 잘했구나 싶다.

한동안 어머니의 방문이 없어 궁금했는데 귀공자 같은 아들과 함께 도서관을 방문했다.

"선생님께 인사드려라!"

자녀는 저만의 외톨이 섬에서 빠져나와 새로운 환경에 적응하며 정상적인 생활을 하고 있었다.

그때 깨달았다. 도서관에서 일하려면, 책만 다루는 것이 아니라 사람의 마음을 볼 수 있고 책을 통하여 아픔을 치유하도록 함께 길을 찾아가는 안내자가 되기도 한다는 사실과 단절된 문제를 함께 노력하는 적극적인 마음가짐이 필요하다는 것을.

이용자로부터 제 어머니 같다는 말 한마디에 나도 모르게 누군가에게 필요한 것을 함께 찾아주며 동행하는 안내자로 조금씩 변화되고 있음을 느끼며 이 자리에 있을 수 있어 참 감사한 마음이다.

4. 녹두전

비가 내리는 장마철이면 열린 문으로 습기가 계속 스며든다. 책들도 습기를 빨아들이려 하는 듯 보인다. 반납 도서를 세세하게 살피는 이유는 젖은 도서가 비치되면 주변으로 스며드는 습기 때문에 책 속에 곰팡이가 꽃을 피워 난감한 일이 발생하니 비 오는 날이면 바쁜 시간이 된다.

진종일 비바람이 주변에 몰아치면 왠지 따끈한 부침개를 먹고 싶다는 식욕이 스멀거리며 입안에 군침을 돌게 한다. 나에게 달팽이 더듬이가 있어 이곳저곳으로 전파를 보낸 것도 아닌데 어찌 된 영문인지 자주 도서관을 이용하시는 여성분이 사각 보자기를 들고 데스크로 오는데 부침개 냄새가 확 번졌다.

"저, 선생님! 이거 지금 막 했는데 생각이 나서 갖고 왔어요."

녹두전을 만들어 비 내리는 길을 바쁘게 오셨다. '아니요!'라고 거절의 말은 하지 못하고 엉거주춤 부침개를 건네받았다. 이래도 되는지?

나는 부침을 정말 좋아한다. 입덧이 시작될 무렵 친정엄마가 먹고 싶은 것이 있느냐는 말씀에 호박 부침, 고구마 부침, 부추 부침을 먹고 싶다고 했다. 정말 원 없이 야채전을 먹었던 기억이 새롭다. 이 나이 되어도 변함없이 좋아하는 음식이다. 반찬이나 간식으로도 손색이 없고 값비싼 재료나 특별한 재료가 없어도 냉장고에 들어 있는 어떤 재료든 사용하면 뚝딱 만들 수 있으니 무난한 먹거리다.

우리나라 사람들의 인심은 정말 따뜻하고 정겹다. 내 어린 시절 동네 사람들은 대문을 닫고 사는 일이 별로 없고, 이웃집 반찬이 무엇인지 수저가 몇 개인지 항아리에 쌀은 얼마나 남았는지 시시콜콜 다 알던 시대였다.

수제비나 칼국수라도 하는 날이면 솥단지에 무던하게 많이 끓여 이웃집으로 쟁반 외출이 부산했다. 일상적이 아닌 음식은 서로 나눔을 하려고 조금 더 많이 준비한 어머님들의 모습이 지금은 찾아볼 수 없는 그리운 과거의 시간이다.

달밤에 형과 아우가 서로의 형편을 염려하여 밤길에 볏단을 나르느라 애쓰던 동화가 문득 떠오르던 시간, 도서관 이용자께서 가져온 녹두전은 그냥 부침이 아니라 사람과 사람 사이의 끈끈한 정이라는 생각이 든다. 내가 그분께 무엇을 그리 각별하게 신경을 써드린 것도 없다고 생각되는데 그분의 마음에 무엇이 남겨져 비 쏟아지는 길에 따끈한 녹두전을 가져오게 했을까? 사람들은 소소한 것으로 시작되는 감정을 귀하게 여기나 보다. 나 역시 삶의 순간순간에서 발생하는 정을 사랑하는 편이다.

계획되거나 의도하지 않는 순간의 마음은 순수해서 좋다. 아기들이 작은 손바닥에 녹진하게 녹아든 초콜릿을 내게 펼쳐 보이며 환하게 웃는 모습이거나 확실하지 않은 발음으로 나를 부르며 뒤뚱 걸음으로 다가오는 모습은 더없이 사랑스럽다. 그렇게 자신의 마음을 있는 그대로 전달하는 순간은 삶의 에너지가 충분하게 교차한다.

녹두전을 담았던 쟁반에 무엇을 담아 드려야 하나?

빈 접시를 돌려드리기 아쉬워, 잘 쓰지는 못하지만 붓펜으로 옛 한시 한 편을 색지 위에 적어 접시에 올려놓았다. 집에서 펼쳐보며 환하게 웃음 지을 모습을 상상하니 괜스레 마음이 즐겁다. 오래 가지 않을 인연이라도 순간의 연결을 귀하게 여기고 싶다는 내 고집스러운 생각이다.

그다지 예쁘지 않은 외모지만 부드러운 표정을 위하여 항상 노력하는 편이다. 사람을 대면하는 업무여서도 그렇지만 거부감을 느끼게 하는 인상이 되지는 말아야 한다는 내 나름의 철칙이라고 해야 할까? 나를 보고 상대방의 마음이 평안해지면 그보다 더 좋은 게 있을까?

우리는 만나고 헤어지며 삶을 이어간다. 그 순간의 시간이 서로에게 좋은 한 장의 그림이 될 수 있다면 참 좋겠다.

이렇게 갑자기 비가 온다든지, 아니면 눈이 날린다든지, 바람이 몰아치든지, 어떤 사건이 발생할 때 서로에게 웃음으로 기억될 수 있는 순간이 되자고 자신에게 최면을 건다.

아마 비 오는 날이면, 녹두전을 가져온 이용자님의 얼굴은 기억을 못할지라도 따뜻한 마음과 녹두전은 늘 기억할 것 같다.

5. 도서관 예찬

이용자가 책을 반납하면서 손 편지를 써본 지가 언제인지 모르겠다며 쪽지편지를 건넨다.

"아! 저도 손편지를 받아본 지가 언제인 줄 모르겠어요! 부담 없이 받아도 되는 거죠?"

가끔 어린아이들이나 부모님께서 건네주는 쪽지편지는 마음을 설레게 한다. 편지라는 것이 문명의 발달로 점점 사라지고 지금은 스마트폰으로 시시각각 문자로 주고받으니, 손으로 작성한 편지는 어디 보관창고에나 있을 법한 일이 되어버린 것 같아서 아쉽고 간혹 그리울 때가 있다.

나도 아이가 유치원, 초등학교 다닐 무렵에 색종이를 여러 모형의 형태로 만들어 서너 줄 정도의 손 편지를 써서 아이의 필통에 담아주었다. 필통을 여는 순간 짠! 하고 튀어나오는 각각의 종이 모형, 저를 사랑하고 있다는 엄마의 손 편지는 인기가 많았나 보다. 늘 새로운 내용의 편지를 보면서 아이의 마음 갈증은 어느 정도 해결되었던 것 같아 다행이라고 안심할 무렵 학교에서 연락이 왔다.

무슨 잘못을 했을까? 염려스럽던 먹구름은 금방 환한 밝은 태양이 되었다.

아이의 편지를 친구들이 서로 보겠다고 아우성치다 결국 편지가 서너 조각으로 찢겨졌는데 엄마 마음이 찢겼다고 대성통곡 하게 되어 매우 죄송하다는 내용의 전화였다.

성인이 된 지금도 아이는 그때 쪽 편지를 보물처럼 간직하고 있다.

주택에 살던 시절, 거의 같은 시간대에 우체국 아저씨가 우리 동네를 향하여 걸어오시는 것을 보면 누군가 내게 편지를 보냈나? 하는 생각에 마음이 설레곤 했다. 지금은 아파트 입구마다 편지함이 있으니 그런 두근거림의 시간은 사라지고 말았다.

편지라는 것

가슴이 두근거리며 펼쳐볼 때까지 오만가지 상상을 일으키는데, 생각지도 못한 이용자한테 손 편지를 받으니 잊었던 두근거림이 되살아나는 느낌이다.

참 감사합니다. 은퇴 후 갈 곳 없는 저를 항상 밝게 맞이해 주고 친절을 베풀어주니 선생님과 도서관을 예찬합니다!

다섯 줄 정도의 쪽지편지이건만 가슴이 뭉클한 것은, 쉽지 않은 용기를 내신 것 같고 도서관을 정말 사랑하는 마음이 전해져서다.

작은 종이 위에 손으로 쓴 편지는 가뭄에 단비처럼 어쩌다 받기는 한다. 삐뚤삐뚤한 손 글씨로 공간을 메우고 그림까지 덧붙여 주춤거리며 전해주곤 얼른 나가버리는 아이들을 만나면 초고속으로 에너지가 충전된다. 편지라는 연결고리는 '너하고 나는 친숙한 관계의 시작'이라는 확인을 하는 것 같다.

도서관 예찬이라는 짧은 문단 속에는 많은 것들이 담겨 있을 것 같다. 어느 한 사람의 행동이 아닌 모든 분께 감사하다고, 참 좋은 도서관이라는 마음을 표현한 것 같다.

어쩌다 간혹 이렇게 쪽지편지를 받으면 컴퓨터 화면 모서리에 테이프로 부착해 놓고 보고 또 보면서 뿌듯한 마음으로 '그래, 오늘도 열심히 최선의 서비스를 드리자!'라고 다짐한다.

　서가에 없는 책은 희망 도서로 신청하면서 도서관으로 매일 출근하다시피 눈인사를 건네시더니 어느 날 스마트폰에 부부가 한복으로 곱게 단장하고 인사하는 모습을 작업했다며 보여준다. 우리는 엄지를 추켜세우며 쉬지 않고 새로운 분야에 도전하는 모습이 대단하시다고 격려와 칭찬과 응원을 아끼지 않았다.

　그분의 표현처럼 정말 도서관은 예찬받아 마땅하다.

　정보를 공유하며 새로운 것에 도전할 수 있는 마음의 문을 열어주는 곳, 늦은 나이에 이곳에 근무할 수 있어 항상 감사한 마음이 크다. 무언가 보답을 해야겠는데, 생각해 볼 일이다.

6. 어르신의 희망가 요청

    내가 노래한다면 가족들이 극구 말린다. 박자, 소리, 리듬이 완벽하게 틀리니 절대로 어디서든 노래를 부르지 말라고. 부른다면 내색이야 하진 않더라도 분명히 민폐를 초래할 테지만, 나는 무시하고 제 흥에 겨워 부른다. 직원 단합으로 회식 후 노래방에 간 적이 있다. 내가 부른 노래 점수가 100점을 나타내고 팡파르가 울리는데 차장님은 기계 오류라며 내 점수를 인정할 수 없다고 했었다. 나도 인정할 수 없기는 매한가지였다.

    즐겨 부르는 노래가 있냐고 하면 뭐라고 말은 못 해도 가락이 울려 나오면 대부분 몇 소절쯤은 따라서 흥얼거리기도 한다. 모임에서 노래를 불러야 하는 차례가 되면 여지없이 <희망가> 아니면 <갑돌이와 갑순이>를

애창한다. 편해서일 것 같기도 하고 마음 언저리에 갑돌이로 남겨진 친구가 있어서인지도 모르겠다.

5월은 꽃 진 자리마다 푸릇한 잎들이 자리하고 보는 눈도 행복하다. 이용자가 드문드문하면 창 너머로 봄 풍광을 감상한다. 초록 기름에 튀겨낸 듯 반들거리는 나뭇잎들을 마중하는 가슴속에는 봄노래가 일렁거린다.

"제! 선생님! 엊그제 경로당에서 영화 한 편을 보았는데 노래가 흘러나오더라고요. 그런데 그 노래를 꼭 다시 듣고 싶은데 도와줄 수 있나요?"

여든을 앞에 둔 어르신이 가락을 작게 표현하는데, 귀 기울여 들어보니 <희망가>였다.

"어르신! 그 노래 희망가 아닌가요?"

"아! 맞아요, 희망가, 제가 국민학교 시절 선생님이 불러주셨던 기억이 나네요. 꼭 다시 듣고 싶은데요."

집에 컴퓨터가 있으면 자녀분께 도움을 요청하시라고 제목을 적어 드렸는데 며칠 후 다시 방문하셨다.

"선생님! 집에서 안 되는데요, 꼭 듣고 싶은데…."

매일 출근하듯 눈도장을 찍으며 '<희망가>는요?' 하며 채근 아닌 채근을 하면서 내 마음을 불편하게 했다. 꼭 듣고 싶다는 말씀에 차라리 녹음해서 드리면 어떨까? 잘 부르지는 못해도 그럭저럭 어색하지는 않겠지, 하는 마음으로 주말쯤 들려드릴 수 있다고 말씀드렸다.

가족이 모두 외출한 시간에 혹시 방해받을까 하여 문을 걸어 잠그고 컴퓨터로 희망가를 검색하여 녹음하기 시작했다. "이 풍진 세상을 만났으니, 너의 희망이 무엇이냐…" 희망가를 부르면 왠지 늘 서글퍼진다. 애잔하면서도 왜 즐겨 부르는지 내 마음을 나 자신도 알 수 없는 일이다.

2절까지 녹음 후 틀어보니 그런대로 들을 만했다. 어르신은 주말을 손꼽아 기다리신 듯 이른 시간에 조금은 상기된 얼굴로 도서관에 방문하셨다.

휴게실로 안내하여 녹음테이프를 틀었다. 눈시울을 적시며 정말 고맙다며 그때 시절이 주마등처럼 살아난다고 좋아하는 모습을 보니 잘했구나 싶어 가슴이 뻐근해졌다.

아! 노래까지 제공해야 하는 것이 맞기는 할까?

모르긴 몰라도 한동안 그 어르신은 여기저기 희망가 테이프 자랑을 할 것 같다. 도서관 선생님이 자신을 위해 노래까지 해주었다면서.

그래, 할 수 있어서 다행이고 마음은 뿌듯하다. 규정에 어긋나지 않고 내 적은 노력으로 한 사람이라도 행복할 수 있다면 마음껏 나눌 것이다.

7. 밥 살게요

아파트 단지를 빙 둘러 위치한 도서관이라 개관 시간보다 일찍 오시는 어르신이 적지 않다. 문 열리기가 무섭게 경쟁하듯 신문을 보려고 바쁜 걸음을 하신다. 도착한 신문은 어르신의 손에서 하루를 시작하는 듯 인기가 높다. 여러 종류의 신문을 보시고 편안한 좌석에 앉아 독서 삼매경에 몰입하시는 모습도 좋아 보인다. 하루도 거르지 않고 도서관을 방문하시는 분들도 계시는데 비와 바람, 더위나 추위를 피할 수 있는 최적의 장소가 아닐까 싶다.

열심히 일하고 퇴직하고 보니 헐렁한 옷 한 벌 걸치고 있는 허수아비인 듯 되어 있고 불러주는 곳도, 갈 곳도 없어졌다는 말씀을 듣노라면 남의

일 같지 않다.

지금껏 열심히 살아오신 베이비부머 시대라고 칭하는 대부분 장년층분, 자녀를 양육하며 부모님을 모시느라 바쁘게 살다 보니 어느덧 밀려나는 자신의 모습에 얼마나 가슴이 휑할까?

나는 서비스를 가능한 한 최대한 베풀고자 노력하며 그분들이 최대의 대접을 받고 있다는 느낌이 들도록 진심을 다하는 편이다. 오갈 데 없어서, 이제는 아무도 불러주거나 찾는 이 없다며 하소연 비슷한 말씀을 듣노라면 맞장구를 쳐 드리며 이해할 수 있다고 공감대를 보여드린다.

"선생님! 늘 변함없이 친절하게 반겨주시니 참 고마워요, 언제 식사 한번 대접하고 싶어요!"

"아닙니다. 언제라도 오세요! 도서관을 많이 이용하셔야 도서관도 즐겁답니다. 밥은 먹은 것으로 할게요!"

우리나라 사람들이 밥 한번 먹자는 말은 참 많이 하는 것 같다. 밥 한번 먹자는 말은 언제부터 시작되었는지 알 수 없지만, 어쩌면 전쟁 시절 먹거리가 없어 고생할 무렵 배고픔에 시작된 염려와 안부가 담긴 인사말이 아닐까. 인사하면서 언제 밥 한번 먹도록 하자, 힘든 이들에게도 언제 밥 한번 살게, 밥 잘 먹고 힘내!

밥 한번 먹자는 인사는 외국에서도 통용되는지 모르겠지만 왠지 밥 함께 먹자는 말은 당신을 기억하고 당신의 안위를 염려하는 끈끈한 사랑의 표현인지도 모르겠다.

그 밥 한번 먹는 것이 어렵지는 않겠지만 한 번의 식사가 무엇인가 선을 없애버리게 되는 것 아닐까 염려스럽기도 하여, 다음에요! 시간이 되면요! 먹었는데요! 핑계도 반복되니 불편한 마음이 앞선다.

밥 함께 먹자는 것이 그리 어렵냐? 핀잔 아닌 핀잔을 던지더니 내가 휴무 날에 매우 큰 초콜릿 한 박스를 두고 가셨다.

내어드리는 것은 마음이 즐겁고 편하지만, 받는 것은 매우 부담스러워 무엇인가 받은 기억이 별로 없다. 받게 되면 그에 상응하는 것을 내어드려야 마음이 편하다. 청빈한 성격도 아니고 뇌물 요소라는 결벽증도 아니고 어찌 되든 내어드리면 편하고 받으면 불편한 마음에 숙제하듯 돌려드려야 마음이 편안하다.

초콜릿 박스를 개봉하니 정성껏 개별 포장으로 된 초콜릿 꾸러미가 한 가득이었다. 도서관 선생님들과 함께 넉넉하게 나눠 먹었다. 감사함이 흐르다 보면 무언가 표현을 하고 싶은가 보다.

달콤한 초콜릿 마음!

달콤함은 사람의 마음을 부드럽게 어루만져 주기는 한다. 힘겨운 세월을 지나오신 장년, 노년의 모든 사람의 마음이 초콜릿처럼 달콤한 마음을 품고 산다면 달콤한 노년기가 되려나? 하는 엉뚱한 상상도 해본다.

도서관을 방문하시는 어르신의 말씀에 꼬박꼬박 답변을 해드리는 이유는 그분들이 걸어오신 세월에 정말 애쓰셨고 수고하셨다는 마음의 답으로 그분들의 삶을 인정해 드리고 싶어서다.

"박 선생! 식사 한번 합시다! 밥 살게요!"

그 식사는 아직 실행되지 않은 채 미결이지만, 마음으로는 이미 큰 밥상을 받았다고 생각한다.

8. 작은 선물 큰 행복

　살아가면서 내가 이웃에게 전해준 선물은 몇 번이나 될까? 아니면 내
가 이웃으로 받은 선물은 얼마나 될까? 잘 살아오지 못했나 보다. 생각
해 봐도 그리 많지는 않은 것 같으니까.

　내 기억 중 가장 또렷하게 기억나는 선물은 중학교 1학년 봄날에 받
은 노래 선물이다. 선물하면 무언가 물질적인 것을 기대하는 것은 별 이상
한 일이 아닐 것이다. 그때 나는 남산도서관을 자주 이용했다. 그 당시에
는 전차를 이용하여 서울역에서 내려 도서관을 올라가는데 남산은 온통
분홍색과 노란색이 꽃무리를 이루고 초록빛 잎 새들은 연둣빛 기름옷
을 입은 듯 바람에 반짝거렸다. 봄이 가득한 길을 오르면 힘든 것도 잊고

기분이 참 좋았다.

그렇게 한창 봄의 교향악을 쏟아내던 어느 날, 친구는 내게 선물할 것이 있다며 나를 도서관 밖으로 이끌었다. 아무리 살펴봐도 선물은 없는데? 무엇을 주려고 할까? 의아해하던 차에 흠흠, 헛기침하던 그 친구는 동무 생각, <사우>를 낭랑하게, 주변 사람도 아랑곳하지 않고 부르는 것이다. 정말 곱고 맑은소리로 2절까지 마치더니 자기 선물이 어떠냐고 묻는다. 이런 선물은 처음이라 얼떨떨했지만 아! 이런 노래 선물도 있구나! 하는 신선한 충격을 받았다.

아마 선물은 그런 것 아닐까? 진정으로 상대방을 향한 따듯한 마음을 전달하는 것 그것을 물질로 전달할 수도 있고, 다정한 마음의 언어로 전할 수도 있다는 생각이 들었다. 선물의 고정관념이 그 친구가 불러준 노래를 들으며 완전히 바뀌게 되었다. 계절이 겨울에서 봄으로 들어서면 선물의 따뜻한 마음과 함께 점점 흐릿해지는 친구와 동무 생각이 떠오른다.

작은 선물 큰 행복!

도서관에 오는 꼬마 이용자들은 가끔 생각지도 못한 선물을 작은 손안에 쥐고 전해준다. 손안에 꼭 쥐고 오는 길에 그 선물은 어느 때는 다 녹아서 형체가 사라지고 어느 때는 꾸깃꾸깃해져 알아볼 수 없는 것을 쑥 내민다.

"죄송해요! 얘가 꼭 선생님 줄 거라고 이렇게 막무가내로 가져왔어요!"

어머님은 미안하다며 아이의 손길에 사과의 말을 얹는다.

얼마나 예쁜 마음인가? 자신이 좋아하는 것 중 일부분을 귀하게 들고 오는 마음이 더없이 예쁘고 그 마음이 사라지지 말았으면 하는 마음이다.

"아! 정말 멋진 선물이구나! 정말 맛있겠는데? 아주 고마워! 우리 꼬마 친구에게 나도 선물을 줄게!"

내 서랍에는 많지는 않지만 과자가 조금씩 준비되어 있는데 그중 하나를 꺼내준다. 함박꽃 같은 미소를 보이며 좋아하는 아이의 표정은 쌓여가던 피곤을 단번에 잊게 해준다.

그들이 내게 전달하는 선물은 남들이 보기에는 아주 사소하게 보일지 모르지만 꼬마 친구들이 자발적으로 전달해 주는 그림 선물이나 몇 글자뿐인 쪽지 편지, 녹아버린 초콜릿 한 조각, 사탕 한 알은 정말 소중한 꼬마 친구들의 마음이다. 도서관에서 근무하는 순간순간 차오르는 행복한 기쁨이다.

도서관 오는 길에 선생님 드린다고 가져온 코스모스 한 송이, 키 작은 노란 민들레, 덩굴장미 한 송이 붉은 꽃. 그 소소하면서도 따뜻한 마음은 데스크를 사이에 두고 웃음과 행복이 책과 더불어 피어나는 시간이다.

누가 시켜서가 아닌 스스로 선택한 작은 선물 큰 행복을 주고받던 시
간을 그 아이들이 커서도 기억한다면 참 좋겠다.

9. 봄꽃, 그리고 한 잔의 차

봄 오는 시간은 참 다정하다.

겨울 문이 열리면 그 자리마다 여린 연둣빛 새순으로 시작하여 노란 개나리 민들레 진달래 철쭉 등 계속 줄이어 얼굴을 내밀고 환하게 봄 인사를 보낸다.

그뿐일까? 겨우내 숨죽이고 봄을 기다려온 온갖 봄나물들이 지천이다. 온갖 먹을거리를 내어주는 봄은 대지와 계절의 어머니라고 표현하고 싶다.

목련이나 벚꽃, 사과꽃, 복숭아꽃도 참으로 화사하고 곁을 지나노라면 마음을 붙잡아 끌어들이고 한참 얘기를 나누자 한다. 누가 보면 이상하게 보일 것이다. 혼자서 두런두런 혼잣말하는 모습이 정상에서 약간 벗어난 모습으로 보일 테니까.

국민학교에 다니던 무렵 복숭아를 먹고 마당 한구석에 던져버린 씨앗이 겨울을 보낸 뒤 싹을 내주었다. 우리 형제들이 지난해 먹고 무심코 버린 씨앗이 땅속에서 봄을 기다렸나 보다. 지독한 추운 겨울을 보낸 뒤 한쪽 가장자리에서 쑥 올라오는 푸릇한 새순에 호기심과 놀라움으로 매일 바라보았다. 뾰족한 줄기를 보여주고 갈색 나뭇가지를 흔들며 안부를 묻듯 한들거리는 모습을 하루에도 수없이 바라보며 커가는 모습에 신기해했다. 3년인가를 그렇게 쑥쑥 자라기만 하나 보다 했었는데 어느 봄날 아침, 숨이 멎을 듯 연분홍빛 꽃들이 가지마다 다닥다닥 피어나기 시작했다. 팝콘처럼 보였다. 얼마나 빛나는 시간이 되었는지 우리 형제들은 아침이면 그 꽃들에게 문안 인사를 하고 저녁이면 잘 자라고 또 저녁 인사를 빼먹지 않았다.

꽃이 하나둘 떨어지더니 처음에는 팥알 정도 크기의 열매가 몽글몽글 달리더니 엄지만큼 커지고, 아기 주먹만큼 커지고 우리는 행복함으로 봄과 여름 중간을 즐기고 있었다. 개복숭아라고, 딱딱하지만 얼마나 맛있었는지 우리 형제들은 과일 부자가 된 듯 으스대기도 했다. 집으로 가는 길목, 배가 주렁주렁 열렸던 배 나무집 언니가 그때부터 하나도 부럽지 않았다.

어린 시절 내 기억 속 봄날은 그렇게 화사하고 눈부시게 피어나는 복숭아꽃과 함께 가지가 휘어지도록 매달린 복숭아가 지금도 아릿한 추억으로 살아난다.

간밤에 바람과 비가 온 거리를 휘몰아치더니 출근길에 바람에 부러진 나뭇가지와 떨어진 꽃과 나뭇잎들이 발길에 무리 지어 밟힌다. 바람과 비가 조금만 늦게 내렸더라면 화사한 봄은 조금 더 우리 곁에 있어 줄 터인데, 아쉬운 마음으로 꽃가지를 주워 컵에 담아 놓는다.

"선생님! 모과 드립니다!"

이용자 한 분께서 모과를 내민다. 향기는 정말 최고다. 나는 향수를 좋아하지 않지만 자연적인 향기는 정말 좋아한다.

"모과를 사셨어요?"

지난 계절 도서관 오는 길목에 떨어진 모과라고 했다. 모과 향기는 정말 매혹적이다. 단단한 과육으로 직접 먹을 수 없지만 그 향기는 마음을 오래도록 어루만져 준다.

"선생님! 제가 모과차 만들어 놓을 터이니 방문하실 때 드셔야 합니다!"

돌보다 단단한 모과를 어렵사리 나박나박 잘라 설탕에 재어 도서관으로 가져왔다.

연둣빛과 연분홍으로 펼쳐가는 봄은 잃어버린 희망을 불러들이며 사람의 가슴을 싱숭생숭 두근거리게 한다. 잘 익어 툭툭 터진 살구가 아파트 주변에 떨어져 있어 먹어보니 괜찮아 가져오셨다는 어르신의 마음도 연둣빛 마음이다.

이런 소소한 마음이 사랑이지 싶다.

자연이 내어준 작은 과실을 반갑게 받는 편이다. 돈 주고 산 것이 아니니 부담스럽지 않고, 유년의 봄날 어느 길목으로 삶의 수다를 나누며 시간여행도 아주 짧게 넘나들기도 한다.

데스크 사이로 그렇게 계절이 오고 간다. 예전의 도서관 풍경과는 조금씩 달라지는 환경, 이웃이 만나 삶의 정보와 더불어 사람과의 정도 나누며 위로를 받기도, 주기도 하는 따뜻한 공간이 되는 것 같아 참 좋고, 이곳에 근무하는 내가 복 받은 것 같다.

아! 따뜻한 봄, 이야기를 머금고 있는 작은 열매들, 더불어 도서관에도 봄이 한창 무르익어간다. 모과를 건네주신 이용자의 발길은 뜸한데 봄꽃, 그리고 한 잔의 차는 그대로 멈춰 있다. 기다림을 가득 담아두고.

10. 도서관 풍경

　봄 오면 도서관 건물 앞마당에 망초가 파릇하고 뒤이어 메밀꽃처럼 하얀 꽃 무리가 보기에 좋다. 여름이 올 무렵 하얀 꽃 무리는 안개꽃인 듯 메밀꽃인 듯 바람에 한들거리며 하얀 미소로 도서관을 방문하는 이들을 반겨준다. 잡초도 덩달아 누가 더 잘 자라나는지 경쟁하듯 정원에 녹음이 짙어간다.

　주기적으로 실행하는 예초 작업은 망초와 함께 풀을 미련 없이 베어버린다. 잡초를 제거하는 날이면 하릴없이 자꾸만 정원으로 나가 하얀 망초꽃을 바라보다 들어오곤 한다.

　더없이 한들거리는 꽃에 나비도 꿀 따기에 분주하다. 이용자들도 꽃을 보는 즐거움에 한마디씩 거들곤 한다. 망초꽃만 남겨두고 잡초를 제거할 수 있다면 좋으련만, 한데 어울려 있으니 예초 작업 할 때마다 꽃이 잘려나가는 것이 아쉬워 담당 선생님께 망초, 망초, 아! 고운 망초, 노래하듯 말하니 가위를 들고 나가 꽃가지를 뭉텅이로 잘라서 아름드리 내어준다. 옥으로 만든 잔에 풍성하게 담아 놓으니, 데스크가 화사하다.

"선생님! 관장님 책상 위에도 두면 좋겠는데요?"

절대 안 된다고 단박에 거절이다. 이렇게 화사하고 예쁜데 꽃을 싫어하시나? 그럼 나만 즐겁게 감상하면서 근무해야지. 옥으로 만든 잔에 담아두고 볼수록 무한 행복이다.

주말이 지나 출근하니 데스크가 온통 하얀 눈꽃 폭탄이다. 이유인즉 망초꽃은 꺾어지면 수명이 매우 짧아 금방 시든다고 한다. 내가 하도 망초, 망초, 하니 설명하지 못하고 속만 탔나 보다. 전혀 몰랐다. 그렇게 수명이 짧은 꽃이라는 사실을. 그래도 데스크 위 옥잔에 담긴 꽃은 다행히 사진에 남겨져 내 스마트폰에 살아 있다.

나는 들꽃이 좋다. 이름은 있겠지만 알 수 없는 들꽃이 얼마나 많을까? 도서관 주변에 도라지도 꽃봉오리를 보여줘서 한참을 그 앞에 서성인다. 배롱나무꽃도 접시꽃도 노란 애기똥풀꽃도 민들레나 목련 개나리 철쭉 진달래 등 도서관 주변이 봄 오면 온통 제 모습을 보여주려고 바쁜 아우성이다.

　새도 날아오는 도서관이다. 창으로 들려오는 소리만 들어도 얼추 어느 새가 왔는지 알 수 있다. 교육구청 건물이었는데 도서관으로 용도가 바뀌면서 정원이 있는 풍광 좋은 도서관으로 변신한 정겨운 도서관이다.

　이용자들도 정겹다고 한목소리다. 도서관 정원엔 여러 꽃과 제법 커다란 나무도 있어서 잠시 의자에 앉아 있으면 많은 새가 짹짹 노래하며 그들의 이야기를 들어보라는 듯 부산스럽다.

　겨울이면 이 새들은 어디서 목마름을 해소할까? 또 하지 않아도 될 염려를 하다가 집에 있는 항아리 뚜껑을 가져와 샘터를 만들까 하는 의견을 비치니 담당 선생님이 잠시 있어 보라며 무언가를 찾아 나선다.

　어디서인지 커다란 함지박을 가져와 새들이 물 먹고 갈 수 있도록 깊이를 재고 톱으로 잘라내어 멋진 옹달샘을 만들어 도서관 건물 양지쪽 창 아래에 두었다. 근무하다가 짹짹 소리가 들리면 조심스럽게 창을 통하여 그들의 모습을 보는 즐거움에 빠져들기도 한다.

　조심스럽기는 새들도 마찬가지다. 저들의 옹달샘이라 확인하고는 매일 동무들을 동반하고 날아든다. 까마귀도 산비둘기도 박새도 동박새도 직박구리도 알 수 없는 새들이 날아든다. 겨울에 집에서 곡식을 가져와 만들어진 함지박 샘터 주변에 뿌려주면 그들은 맘껏 식사를 즐긴다.

　오래 근무할 수 있다면 옹달샘도 그 자리를 지킬 것인데 다른 곳으로 이동하거나 근무가 종료되면 애들은 어쩌지? 하는, 하지 않아도 될 걱정을 또 한다. 근무가 종료되어도 그 자리에 하얀 망초는 연이어 피어날 것이고, 옹달샘은 사라져도 새들은 그 작은 머리를 갸웃거리면서 도서관 주변을 날아다닐 것이다.

　저들이 즐겨 찾았던 샘터를 기억할까? 사람이 만들어 놓은 함지박 옹달샘. 영구적이 아니라 미안하다. 들꽃과 자연을 사랑하는 마음이 따듯한 선생님과 근무할 수 있었던 시간은 아주 오래도록 기억에 남을 것 같다.

　아! 만들어놓은 샘터와 담당 선생님의 웃음, 긍정적이며 다정하고 따듯한 마음씨 그리고 오래된 사진 속에서나 있을 법한 이곳 도서관 풍경은 오래도록 잊히지 않을 것 같다.

11. 평안하신지요?

　팔순을 바라보는 어르신 어릴 때 아주 고우셨을 것 같은 얼굴에 수심이 살짝 기웃한 모습으로 책 한 권만 추천해달라고 요청하시기에 일부러 안부 인사말을 드렸다. 그동안 살아온 흔적이 고스란하게 표정에 묻어 있어 굳이 말하지 않아도 그 사람이 어떤 삶을 살아왔는지 정확하지는 않더라도 알 수 있다.

　부담이 없고 쉽게 읽어 내려갈 수 있는 도서를 추천해 드리며 평안하시기를 인사드렸다. 처음 몇 번은 자녀와 함께 오시더니 혼자 걸음을 하신다. 서울이 고향이고 유치원을 다녔다고 말씀하시는 것이 유복한 생활을 하셨음을 알 수 있었다. 일주일에 한 번이나 두 번 방문하시는 이유인즉 책도 좋아하지만, 도서관에 오고 가는 시간이 운동으로도 적당히 좋다고 하신다.

간혹 도서관을 방문하시는 어르신들은 자신의 지난 시간을 들려주며 들어주기를 바란다. 요즘 날씨가 어떻다느니, 시장 물가가 자주 오른다거나 날씨가 궂으면 다리가 욱신거린다거나 등등, 자신의 사소한 일상을 고백하듯 말한다. 말씀을 단박에 끊을 수 없어 "예, 그러지요! 그렇습니다" 하며 들어드리면 즐거운 표정으로 도서관을 나선다. 다른 이용자가 볼일 마치기를 기다렸다가 데스크로 오시는 모습. 아마도 대화를 나누고 싶다는 내 생각이 틀림이 없다.

"선생님! 쓸데없는 내 얘기를 들어줘서 정말 고마워요! 혼자 있으니 말이 고파서 입에 거미가 똬리를 틀고 앉아 거미줄만 촘촘하게 치고 있을 것 같아 자꾸만 선생님을 귀찮게 하네요. 죄송하고 감사하고 그럽니다."

일상의 생활을 듣노라면 마음이 짠해져서 내 부모님도 외로웠을까? 하는 생각에 울컥해진다. 일부러 시간을 내서 자원봉사도 하는데 조금 한가한 시간에 순간순간 말씀을 들어드리고 나누는 것이 무에 힘이 들겠는가?

어느 순간부터 어르신이 내 앞에 오시면 일부러 인사말과 함께 안부도 묻게 되는 자신이 오지랖이 넓은 것은 아닌지 염려도 되지만 그 짧은 대화가 그분들께는 작은 위로라도 되지 않을까 하는 생각이다.

고독사라는 말이 심심치 않게 들리는 요즘에 그나마 주거지 지역에 도서관이 있으니 얼마나 다행일까? 개관 시간보다 일찍 오셔서 문 열리기만 기다리시는 어르신들. '나 때는 말이야' 이 표현을 제일 싫어한다는 젊은 이들이여! 나이 드신 어르신들도 예전에는 잘나가는 시간이 있었을 터이고 집에서는 자녀들에게 위엄과 존경받는 부모님이셨음을. 살다 보니 어느덧 노년이 되어 버리고 자꾸만 밀려나는 자신을 돌아보면 서글퍼지는 마음에 자신의 오래전 얘기를 들려주며 위로를 받으려고 한다는 마음이라는 것을 조금은 알아주었으면 좋겠다.

여러 조간신문을 다 읽으시고 다시 책을 보시며 시간을 보내는 은빛 인생 어르신의 모습에서 머지않은 미래의 내 모습도 얼핏 비치기도 한다. 잘 살아가야 하리라. 지혜롭고 따듯한 노년의 시간이 되어야 할 것인데 그것이 어디 마음먹은 대로 살아질까?

일주일에 한 번씩 출근하듯 방문하시는 어르신이 안 보이면 괜스레 염려된다. 연체 도서가 있어야 핑계로 전화라도 드려볼 수 있겠는데 마음만 근심이다. 몸이 불편하지만, 도서관에 오는 시간이 참 즐겁고 좋다고 하셨는데 자신의 어린 시절 얘기를 들어줘서 고맙다고 하셨는데, 별일 없기만을 그저 마음으로 빌 뿐이다. 이사라도 가셨을까? 발길이 멈춘 어르신의 미소가 문득문득 그리운 시간이 된다.

　아주 짧은 인연의 끈을 만들다 발길이 끊어진 분들, 어디서든 평안하셨으면 좋겠다.

　서가를 둘러보다가 문득 대출하고 반납한 도서가 눈에 보이면,

　'잘 계시는 거죠? 어디서든 건강하시고 평안하세요!'

　전해질 수 없는 인사말을 혼자서 중얼거린다.

둘,

사	랑	곱	하	기	천	배

12. 그럴 수 있어요

책 넘기는 소리가 들릴 정도로 고요한 시간이다.

서가를 가운데 두고 창문 가장자리로 배치된 책상은 만석이고 책 넘기는 소리가 간간하다. 틈틈이 서가를 돌면서 환경을 점검하기도 한다. 힘겨움에 엎드려 쪽잠을 자는 분들이 있는가 하면 자신도 모르게 깊은 숙면으로 코까지 골면서 순간 꿀 같은 잠에 빠져드는 분들도 있다. 불쾌하지 않게 잠을 깨우는 것도 쉽지는 않은 일이다.

누군가가 나를 주시한다면 처음엔 몰라도 곧 따가운 시선을 느끼게 되는데, 그날은 한 사람이 아니라 여러 명이 자꾸만 데스크로 시선을 보냈다. 고개를 기웃하게 빼면서 바라보는 눈빛이 무언가 할 말이 있는 듯,

아니면 해야 할 일을 왜 하지 않느냐는 말 없는 요청이다.

자리에서 일어나 나를 바라보는 이용자들 쪽으로 발길을 서너 걸음 옮기는데 두어 살 되어 보이는 아기가 엉거주춤 두 번째 서가 (높이가 아기의 손과 딱 맞다) 에 손을 대고 엉덩이를 삐죽이 내밀고 있는 모습이 어떤 일이 벌어진 모양새다. 아기를 키우는 엄마라면 알 수 있다. 어떤 상황이 발생했는지를.

주변에는 작은 똥이 덩이덩이 간격을 두고 떨어져 있고 냄새가 빠르게 서가 안에 번지고 있다. 휘둘러보니 아기는 혼자 있는데, 엄마는 서가 어디쯤에서 책을 찾고 있는 것 같다. 아기를 안아 올리자 바지 안에서 내 팔 위로 따끈한 무언가가 쓱 밀려 나오고 동시에 냄새와 아기의 울음소리가 울렸다. 얼른 밖으로 나오니 엄마가 따라 나온다.

"어쩌면 좋아! 정말 죄송해요! 오늘 기저귀를 뗐거든요!"

"아! 그럴 수 있어요! 아기가 놀랐으니 얼른 화장실에서 아기를 닦아주세요. 야단치지 말고요."

그때 시간은 점심시간, 청소하시는 분들의 즐거운 식사 시간을 방해하고 싶지 않았다. 서가에 떨구어진 똥을 치우고 소독제로 바닥을 닦았으나 냄새는 쉽게 사라지지 않는다. 내 옷과 팔에 뭉개진 똥의 흔적은 콧속으로 들어와 냄새로 자리매김했다. 커피를 연이어 마셔도 이미 들어찬 냄새는 없어지지 않는다.

내가 아기를 안아 올리는 행동은 나 또한 아이를 키운 엄마라서 그렇게 할 수 있었을 것이고 그 시간에 내가 있어서 참 다행이라는 생각도 들었다.

사람들은 원하지 않지만 생각지도 못한 실수를 하면서 생활하는 것 같다. 그 실수를 감추는 이가 있는가 하면 그 실수를 공개하고 용서를 청하기도 하면서 자신을 성장시켜 가기도 한다. 나 역시 수많은 실수를 하면서 살아가고 있다. 아마 모르긴 해도 살아가는 모든 이들은 알면서 모르면서 잘못을 저지르고 반성하면서 영유아기, 학동기, 청년 장년기를 거쳐 노년기를 살아가지 않을까 싶다.

유년기 시절 내 아이에게 피노키오 이야기를 빈번하게 써먹었다. 목각인형은 코가 길어지지만, 사람은 자신의 잘못을 알기 때문에 눈이 대신 흔들흔들 춤을 추며 알려준다는 내 말을 아이가 어떻게 받아들였는지 알 수 없지만, 나는 유아들의 행동에 떠오르는 생각들을 내 기억 창고에 쌓아 두고 있다.

몇 편의 짧은 동화가 세상 밖으로 여행하겠다며 아우성치지만, 아직은 꾹꾹 눌러둔다. 설익은 밥이 될까 봐 뜸을 들이는 마음일까? 때가 되면 세상 밖으로 튕겨 나올 수 있으려나?

어떤 상황이 발생해도 그럴 수 있다며 받아들이는 여유로운 사람이 되어야 할 것 같다.

완벽한 사람이 어디 있겠는가? 모든 상황 발생에 '그래, 괜찮아 그럴 수 있어! 앞으로 조심하면 되지, 별일 아니야.' 이런 넉넉한 마음으로 살아간다면 참 좋겠는데, 나만의 생각일까?

나는 자신에게 이 단어를 얼마나 자주 사용하며 힘든 상황을 버텨냈는지, 앞으로 또 얼마나 많이 '그럴 수 있어!'라며 살아가게 될지 생각해본다.

내 팔에 안겨 질퍽하니 똥을 누며 울어대던 꼬마 친구는 그 시간을 기억할 수 있으려나? 아줌마 선생님의 모습은 잊어도 그 시간은 기억할 것 같다.

꼬마 아이야, 어떤 상황이 발생해도 네 가슴에 이웃을 품어 줄 수 있는 사람으로 성장하면 정말 좋겠구나!

13. 꾀돌이는 초등 1년생

도서관에서 시행하는 유치원생과 초등학교 어린이들에게 독서통장을 만들어주는 이유는 책과 친숙해지고 독서를 지양하기 위해서다.

은행 통장에 돈을 저축하듯 책을 대출 후 반납하고 나서 통장을 기계에 넣으면 독서명이 기록되어 어린이들에게 충분한 인기가 있다.

그런데 이 책 읽기는 혼자보다는 보호자의 관심이 필요하다.

권수 늘리기 경쟁으로 혹은 욕심으로 페이지 쪽수가 적은 책이나 유아들이 보는 그림책을 반복적으로 대출 반납하는 꾀돌이 초등학생이 보인다.

모르는 척하려다 습관이 되면 나중에 좋지 못한 결과를 초래할 것 같아 꾀부리기를 하지 못하게 해야 할 것 같았다.

"너 책 정말 많이 보는구나! 하루에 이렇게 많이 읽으니, 곧 통장을 새로 발급받아야 하겠구나. 와! 독서왕이 되겠어."

어린이는 칭찬으로 알아듣고 환하게 웃으며 아무 망설임 없이 즐거운 표정이다.

"선생님이 너한테 좀 물어보고 싶은 것이 있는데 잠시만 있어 봐."

그 어린이가 반납한 책의 내용을 대략 파악한 후 읽은 책의 내용을 질문하니 예상대로 답변하지 못한다.

앞으로 읽은 책에 관하여 선생님과 이야기를 나누면 어떨까 했더니 역시 싫다고 한다. 둘러서 말하는 것보다 직설적으로 말해주는 것이 좋겠구나 싶어서 너처럼 꾀를 부리면서 책 권수를 늘려가는 것은 옳지 않으니, 고치지 않으면 통장을 이용할 수 없을 거라고 말했다. 혹여 아이의 어머니가 자녀의 말만 듣고 민원을 올리면 어쩌나 염려되지만 아이의 잘못된 행동을 바로잡아 주는 것 또한 해야 할 일이라 생각되었다. 옳지 않으니, 관여하면서도 마음은 불편했다.

늦은 시간 어머니가 도서관에 아이를 데리러 오는 때를 기다렸다. 좋은 일이 아니기에 조심스럽게 잠시만 시간을 내실 수 있느냐고 물었다.

"정말 죄송한데요, 그냥 지나칠까 하다가 말씀드리는 것이 맞는 것 같아서요. 나중에 마음 상하실 수도 있겠다 싶어 지금 말씀드릴게요."

자녀를 두고 일하는 어머니의 마음을 나 역시 경험했던 터라 어머니의 마음을 헤아리면서 아이의 책 사랑과 독서량을 칭찬한 후 독서통장에 관하여 세세하게 설명을 해드렸다. 다행히 어머니도 자녀의 꾀부림의 습관을 알고 있다며 오히려 감사하다고 인사를 한다.

도서관에서 많은 시간을 보내는 어린이들을 보면 신경이 쓰이게 된다. 밥은 먹었는지 어디 불편하지는 않은지 누가 주변에 함께 있는지 부탁받지 않았어도 살펴보게 된다. 도서관에 혼자 오는 어린 친구들이 이왕이면 좋은 독서 습관을 들였으면 하는 바람에서다.

혼자서도 씩씩한 어린 친구들이지만 이 아이들에게 건네는 관심의 한마디가 금방은 아니어도 쌓이다 보면 좋은 결과를 줄 것이기 때문이다. 꾀돌이 소년은 천천히 변화되어 독후감이나 독후화도 기록하고 있다. 그 모습이 참으로 예쁘다.

늦은 시간에 도서관을 나서는 어린 친구들한테 꼭 인사를 보내는 것도 너를 항상 기억한다는 나만의 표시이다. 짬짬이 나는 어린아이들이 도서를 대출 후 반납하면 '주인공이 너라면 어떻게 했을까?'라고 일부러 질문하면서 내용 나누기를 한다.

수런거리는 어린이 자료실 근무가 행복하다. 그들은 초록 새순이고 어떤 모습으로 커갈지 모르는 꿈나무다. 동동 뛰어다니는 모습도, 나름 소곤거리는 속삭임이 점점 커져도 좋다.

아이들아! 와서 읽고 보고 느끼고 나누면서 옛사람들의 모습과 먼 곳 친구들도 만나고 이곳저곳의 정보도 습득하면서 즐기면 정말 좋겠다. 자주 와서 얼굴을 보여주렴.

14. 사랑 곱하기 천 배

선생님!

호기심 많고 유난히 궁금한 게 많아 재잘거리는 저희 꼬맹이, 갈 때마다 귀찮아하지 않고 오히려 사랑스러운 눈빛으로 대해주셔서 감사해요.

아이를 데리고 조용한 도서관에 가는 게 저에겐 커다란 도전이고, 용기를 내야 하는 일이었는데 덕분에 즐겁고 편안한 마음으로 책을 읽히다 올 수 있답니다. 늘 감사드려요. ♥ x 1000

아이가 좋다! 어린이들이 낭창낭창한, 조금은 큰 소리로 말해도 듣기가 좋다. 낭창낭창한 소리를 듣노라면 저절로 기분이 좋아진다. 숲속 냇물이 흐르는 소리라고 표현하고 싶을 정도로 참 맑고 청아하다.

어린 시절 막냇동생이 "누나! 누나!"하고 부르면 내 마음은 푸르른 잔디 위를 나는 것 같았다. 돌계단을 오르면 작은 마당에 앵두나무가 한 그루 있던 집으로 어린이의 낭창한 소리에 끌려 순간적으로 소환 당하기도 한다. 그 집에서 형제자매가 복닥거리며 살던 시간이 그립다. 어린아이들이 고사리 같은 손을 활짝 펼쳐 보이며 조금은 정확하지 않은 음성으로 "서새님!" 하고 불러줄 때면 작은 손을 꼭 잡아주며 "사랑해, 우리 꼬마 친구!"라고 답해준다.

어린이 자료실은 성인 자료실과는 다르게 운영되고 있다. 어린이들에게 편안함으로 다가가는 환경. 예전의 모습과 다르게 주민들에게 열려 있는 정겨운 사랑방 같은 도서관 환경이 조성되어 아이를 동반한 어머님들은 서로 정보를 공유하며 어린이들에게도 책과 친숙한 분위기를 형성하고 있다. 가끔 속삭임이 점점 커져 그분들의 대화 내용을 본의 아니게 들을 수도 있는데 모두 열정적으로 아이들에게 헌신하고 있다.

언제부터인가 이용자가 뜸한 시간에 아동과 함께 도서관을 방문하시는 어머니가 늘 구석진 자리에 앉아 조심스럽게 주변을 의식하면서 나지막한 음성으로 그림책이나 짧은 동화책을 자녀에게 읽어주는데, 그 모습이 보기에 정말 좋다.

구연동화를 하듯 따옴표가 있는 부분은 책에 등장하는 인물이나 동물에 적합하게 읽어주니 나도 모르게 그 소리에 이끌린다. 다른 어린이들이 있을 때 함께 읽어주면 좋겠다는 생각에 조심스럽게 내 생각을 전했더니 그건 아니라는 답변을 받았다. 아쉽지만 강요할 순 없는 부분이다. 대신 강의가 없어 문화 교실이 비어 있으면 사용 가능하니 편안하게 이용하라고 안내했다.

강의실은 그리 크지 않고 어린이 프로그램을 실행할 때 사용하는 작은 공간이다. 마련된 공간은 누구라도 유익하게 사용할 수 있다면 이용하는 것이 좋다는 게 내 생각이다. 그 어머니는 정말 감사하다며 매일은 아니어도 일주일에 두 번이나 세 번, 방문하신다.

아이들의 마음은 정확하다. 싫어하거나 좋아하거나 저를 사랑하는 마음은 리트머스 시험지처럼 확실하게 알아챈다.

문을 열고 들어서는 순간 눈이 마주치면 변함없이 서새니! 하면서 달려와 반긴다. 모르긴 몰라도 도서관에서 자라는 아이는 바르게 성장할 것 같다는 게 내 생각이다.

중학생들이 와서 떠들며 복도나 계단에서 쿵쾅거려도 길 위에서 무작정 배회하는 것보다는 낫다. 그래도 도서관에 오는 아이들이니 그들의 행동에 후한 점수를 보낸다.

자녀에게 구연동화처럼 책을 읽어주던 어머니가 작은 손 편지를 전하는데 곁에서 캔디 두 개를 함께 전달하는 꼬마의 손이 예쁘다.

마음 전달하기를 알고 있는 아이!

나는 아이의 손을 잡으며 인사를 건넨다.

"달콤한 마음을 준다고? 정말 고마워! 선생님 마음이 온통 달콤해지고 있네!"

그 어머니는 사랑 곱하기 천 번을 곱해도 좋을 선생님이라고 쪽 편지에 에너지를 담아 전해준다.

언제까지 근무하게 될지 모르지만, 도서관을 찾아오는 모든 이에게 어머니가 전해준 편지처럼 사랑 곱하기가 무한정으로 발산하는 마음 부자인 근무자가 되도록 노력할 것이다.

15. 도서관이 너무 좋아서

어린이를 마주 보면 왠지 기분이 좋아진다. 학창 시절에 그림 테스트를 받았는데 교수님께서 빙긋 웃으며 나에게로 오는 어린이들은 정말 행복할 것이라는 결과를 들었다. 내가 어린이를 향한 애정이 넘친다나? 하긴 아이들을 마주하면 괜스레 기분이 좋아지고 무엇이든지 주고 싶다. 학창 시절 동네 꼬마들을 모아 유치원 놀이를 진행하기도 했고 그들을 주르르 세워놓고 합창을 가르치기도 했다. 잘하지도 못하는 구연동화를 들려주는가 하면 함께 만들기 작업도 진행하면서 스스로 만족함에 행복해하기도 했다.

아이가 아장걸음으로 데스크에 다가와 어눌한 소리로 인사를 하는

순간 내 마음은 온통 햇살 밝음이다. 저를 반겨주는 것을 마음으로 알
아채고 있는 어린 친구들이다. 그림책을 여러 권 대출해 가면 일부러 덧말
을 건넨다.

"아! 이 책 정말 재미있는데, 선택을 정말 잘했어요. 우리 아기 친구!"

아첨으로 하는 말이 아닌 진심으로 아이에게 전해주는 응원이다. 얼굴
을 마주하면 꼭 잊지 않고 빈말 아닌 진심을 담아 칭찬 요소를 찾아 건
네주면 어머니도 아이도 환하게 웃으며 도서관을 나선다.

그날도 내게로 콩콩거리며 달려온 아이는 꾸벅 인사와 함께 손을 들어
나에게 무언가를 팡 쏘는 몸짓을 했다.

"우와! 사랑을 보내 주는 거야? 고마워!"

인사와 함께 아이가 또 손을 들어 나를 향하고 돌아서는 순간 아이가
넘어졌다. 하필 얼굴을 찧었는데 눈덩이가 시퍼렇게 부어오른다. 아이보
다 내가 더 놀라 아이를 안아 일으키는데 어머니가 빠른 걸음으로 다가
왔다.

"엄마! 얘 또 선생님께 장난치다 넘어졌어요!"

아이의 누나가 엄마한테 자세하게 설명하고 나는 나대로 걱정과 염려
를 보내는데, 어머니는 죄송하다며 아이와 함께 도서관을 황급히 나갔다.

아이의 소식이 궁금하고 참새 방앗간 드나들듯 하던 꼬마 친구인데

모습을 볼 수 없어 별의별 불편한 상상이 끊임없이 솟아난다.

일주일 정도 지나자 그때 그 가족이 환하게 웃으며 도서관에 들어섰다.

"괜찮으세요?"

아이는 언제 다쳤냐는 듯 개구쟁이 모습으로 내게 후다닥 달려오며 미소를 지었다.

"선생님! 저 다 나았어요! 보세요!"

"그래, 다 나았네! 아프지는 않았어?"

활달한 아이의 모습을 보니 얼마나 다행스럽던지 오래 묵은 체증이 쑥 내려가는 느낌이었다.

어린이 자료실에서 근무하다 보면 생각지도 못한 일이 발생하고 우리는 아이들의 보조 도우미가 되어 있다.

"오줌 마려워요!"

"똥 마려워요!"

"엄마가 사라졌어요! 찾아주세요. 으앙!"

"목말라요!"

"배고파요!"

"자고 싶어요!"

"여기 뭐 있어요!"

등등의 꼬마 민원을 해결해 주느라 종종걸음을 하긴 해도 아이들이 예쁘고 사랑스럽다. 하얀 도화지 같은 마음에 맑음을 담기를 바란다.

도서관에서 크는 아이들을 나무로 비교하자면 튼실한 나무로 성장하지 않을까? 내 아이가 크는 동안 나도 직장에 다니느라 바쁜 일상이었다. 퇴근 후 아이가 잠들 때까지 놀아주었지만 아이의 갈증을 해결해 주지 못한 것 같아서 미안한 마음이 오래도록 남아 있다.

이용자가 뜸한 늦은 시간에 부모님이 오실 때까지 도서관에서 지내는 아이들에게 슬며시 다가가 말을 건넨다. 무슨 책을 보는지, 어떤 생각이 드는지, 네가 주인공이라면 어떻게 했을지 묻다 보면 독후감이나, 독후화 한 편이 쉽게 완성된다.

나와 마주한 아이들아! 장난을 쳐도 괜찮아요! 내가 너희들에게 편한 이웃집 아줌마가 되어도 좋으니 도서관에 오는 발걸음이 즐겁다면 좋겠구나! 나에게 개구쟁이가 되어도 좋아요! 다치지만 말고 건강하렴!

어머님! 독서지도까지 배려해 주시니 감사하다는 인사말은 하지 않아도 됩니다. 도서관은 안전한 곳이고 저희가 있으니 편하게 오세요! 양육과 직장 생활이 많이 지친다는 사실을 알고 있거든요. 저도 아이를 두고 직장에 다니며 바쁘게 종종거렸으니까요!

진심으로 나는 어린이 친구들을 반겨주는 사랑 가득한 따듯한 이웃집 아줌마이자 정겨운 근무자가 되고 싶다.

도서관이 좋다고 달려오는 친구들! 선생님도 너희들을 정말 사랑해!

16. 늦은 시간 반가운 만남

키 작은 소년은 서가 위에 손이 닿지 않는지 항상 살짝살짝 손을 뻗으며 발돋움으로 제자리 뛰기를 한다.

"얘, 무슨 책 찾아? 내가 꺼내줄게."

소년은 제가 한다며 토끼가 되어 계속 깡충깡충 제자리 뜀이다.

나도 중학교 시절에 참 키가 작았다. 사복을 입고 도서관에 입실하려면 국민학생은 입장할 수 없다며 늘 경비 선생님이 불러 세웠다. 학생증을 늘 소지하고 다녀야 했던 내 모습이 그 소년의 모습에서 얼핏 보인다. 아주 모범적인 학생인 듯 늘 단정한 몸가짐에 인사성도 매우 밝아, 보는 사람의 마음을 덩달아 밝게 해주는 소년이다.

집이 도서관 근처인지 참새 방앗간 드나들 듯 자주 모습을 보여주었다. 모르긴 해도 공부도 잘하는 학생일 거라고 지레짐작하면서 그 학생의 인생은 바라는 대로 잘될 거라고, 될성부른 나무는 떡잎부터 다르다는 속담이 틀림없을 거라고 생각을 하면서 소년의 앞날을 속으로 응원했다.

그날도 소년은 서가 위로 변함없이 깡충깡충 토끼로 변신 중이었다. 도움의 손길을 마다하니 그저 바라볼 수밖에.

퇴근 후에 도서관을 방문하는 시민들이 많은 것을 보면 늘 기분이 좋다. 열린 정보공간을 찾아 필요한 정보와 마음의 지식을 쌓아가는 사람이 참 좋다.

전에는 책방이 있고 돈을 내고 빌리고 늦은 반납에 벌금까지 내면서 책을 보았는데 지금은 지역마다 도서관이 설립되어 있어 누구든지 마음만 먹으면 쉽게 자신들의 삶을 풍요롭게 할 수 있다. 내 어린 시절에도 도서관이 지금처럼 곳곳마다 있었더라면 지금의 내 모습이 달라졌을지 모를 일이다.

도서관에 비치되지 않은 책을 보고 싶으면 희망 도서 신청제도를 이용하여 새 책을 볼 수 있으니 얼마나 유익하고 좋은 제도인지, 아는 사람들은 매월 희망 도서를 신청하여 독서를 즐기며 행복해한다.

많이 더 많이, 아니 모든 시민이 도서관을 자주 이용하면 좋겠다고 생각하고 있는데 서가에서 작은 외침이 들려온다.

"어? 아빠!"

"아니, 이게 누구야? 우리 아들!"

반갑다는 인사가 조금 큰 소리로 들리는 곳을 보니 키 작은 소년과 아버지가 서로 부둥켜안고 등을 토닥이고 있었다. 키 큰 아빠를 보니 소년은 엄마를 닮았나 보다. 소년은 아빠를 보니 반갑고, 아빠는 아들이 늦은 시간까지 도서관에 있는 모습이 기특하여 서로 토닥이며 응원을 보태는 중이다.

서가 안에 신뢰와 기쁨의 등불이 환하게 밝혀지는 순간이다.

'아, 그 아빠에 그 아들이구나!'

참 좋고도 반가운 만남. 그 모습이 매우 인상적이고 정겹다.

정말 좋다. 이 늦은 시간 함께 있음을 반가워하는 만남이.

17. 꼬마 작가님들, 모두 사랑해

    쉰 중반의 나이, 무엇을 보고 나를 선택해 주셨을까? 아마 나잇값을 원하셨을 거로 생각한다. 일할 수 있어 감사한 마음을 무엇으로 보답할까.

    전문적인 능력이 있는 것이 아니지만, 방과 후 어린이들에게 도움을 줄 수 있는 일을 할 수 있으면 좋겠다는 의욕이 끊이지 않는다. 할 수 있고, 잘할 수 있다는 확신이 들었다. 아동을 대상으로 부족하지만, 글과 관련된 재능기부를 하고 싶다며 조심스럽게 건의를 드렸다.

    결혼 전에, 누가 시켜서도 아니건만 복지관을 찾아가 학습 재능기부를 하고 싶다는 요청으로 교육을 진행했었는데 바람보다 결과가 좋았던 기억이 되살아났다. 용기를 키우고 있던 차에 건의는 흔쾌히 수락되어 초등학생을 대상으로 글과 관련된 프로그램을 진행할 수 있었다.

어린이를 마주하면 덩달아 나도 어린아이가 되어버리니 진행 선생님이 아니라 친구 같은 대상이 되어 아이들도 매우 즐거워했다. 아이들이 자발적으로 참여할 수 있도록 칠판 위에 도서관으로 오는 길에 만난 모든 것들을 적어보자고 했다.

아이들 눈에 보이는 것들은 신선하고 다정했다. 그들의 생각은 가감이 없고 보는 그대로 표현한다.

바람을 보았고 햇살과 함께 왔으며 풀꽃도 만나고 새들도 만나고 강아지나 고양이, 나비나 벌, 고개를 숙여야 보이는 개미, 지네도(돈벌레였다) 보았다고 한다. 바람을 보고 햇살과 함께 왔다니, 정말 신선한 충격이고 그들의 마음이 더없이 예쁘기만 했다.

그냥 지나치는 주변의 일상이 아이들 눈에 들어와 칠판 위에 적혀 끝말잇기로 살아났다. 아이들의 기상천외한 표현으로 글 문장이 완성되면 서로 손뼉을 치며 좋아했다.

<꼬마 작가가 되어보자> 프로그램이 진행되는 동안 아이들은 조금씩 작가로 변신 중이다. 아이들 마음에 숨어 있는 씨앗들을 톡톡 건드려 주면 어느새 그 씨앗들은 개별적으로 독특하게 피어났고 아이들 모두 만족해했다.

물론 부모님의 반응도 매우 좋았다.

'속담에서 숨은 보물을 찾기'라는 시간은 아이들의 상상력이 합세하여 오히려 내가 즐거웠고 더 큰 행복을 받았다. '우물에서 숭늉을 찾는다'는 속담에 활기찬 음성으로 씩씩하게 말하던 친구.

"선생님! 아무 걱정하지 마세요! 제가 포크레인으로 우물을 통째로 뽑아 드릴게요."

"온몸에 있는 털이란 털이 지금 곤두서고 있어요."

그 발표에 모두가 발을 동동 구르며 박장대소하며 눈물 나도록 행복했던 시간도, 고물고물한 작은 손길이 나를 더듬던 촉각이나 아이들의 눈빛도 생생하게 내 가슴에 남겨 있다.

동화를 읽은 후 마지막 부분에 다시 이어쓰기를 시도하니 색다른 내용으로 탄생하기도 했다. 어린이들은 저희끼리 재작성한 글들을 발표할 때마다 "우와!", "초대박!"하며 환호성을 발산한다.

마음에 있는 감정을 글로 쓰면 창작이 되는 거라고 설명했다.

어린이의 시선으로 볼 수 있는 것들과 느낄 수 있는 감정을 그림과 글로 써보라고 했더니 아주 멋진 작품이 탄생하여 도서관에서는 어린이의 글을 작은 책자로 발간하여 배부하였다.

꿈이란, 과거나 현재 또는 미래의 어떤 기대치에 에너지를 담아 키워내는 것이 아닐까?

어린이의 글을 보면서 부모님께서는 정말 자신의 아이가 쓴 게 맞느냐고 오히려 의아해하셨다. 본인은 물론 부모님도 몰랐던, 아이들의 가슴에 있는 소중한 씨앗을 톡톡 건드려 주니 이 세상에 하나뿐인 작품이 꽃으로 피어난 시간이다.

재능기부는 성공적이었다. 아이들은 제각각 멋진 작가로 변신 중이다. 어쩌면 먼 훗날 제 이름 석 자가 반짝반짝 빛나는 작가로 자리매김하며 오늘을 기억할지도 모르는 일이다.

당찬 꼬마 작가 친구님! 모두 모두 사랑해!

18. 편지를 써요

아이들과 함께하는 프로그램 진행 중 편지쓰기 시간이다. 아이들은 "절대! 못해요! 안 돼요!" 하며 아우성친다.

요즘 세상에 스마트폰이 어린이, 어른 할 것 없이 일상에 자리하면서 손글씨가 점점 사라지니 안타까운 마음이 들어 편지쓰기 시간을 마련했다.

"너희들 방학이 끝나면 학교에서 친구 만나잖아. 그때 어떻게 하지? 학교 가면 선생님과 만나면 어떻게 할까? 할아버지나 할머니, 이모나 삼촌 등 친척을 만나면 '합죽이가 됩시다, 합!' 이렇게 되는 것 아니지?"

반가워서 껴안고 그동안 하지 못한 말 누가 먼저 할 것 없이 말하느라 정신없고 도깨비시장 같다고 한다. 도깨비시장을 본 적도 없겠지만 시끌

벅적하다는 표현이리라.

"반가워 말하는 내용을 글로 쓰면 편지가 되는데, 우리 한번 써보면 어떨까? 친구를 만나면 '안녕!' 인사하지? 그 인사를 첫 줄에 써보자. 그리고 그동안 어떻게 지냈는지를 서로 말하잖아? 그 내용을 이어서 써보는 거야. 그다음 헤어질 때 '안녕! 잘 가! 또 만나!' 하고 인사하지? 그 인사를 맨 끝에 쓰면 편지가 완성된단다."

아이들은 망설이면서도 편지 쓰기에 흥미를 보였다. 이 편지는 누구에게 전해줄까?

편지 받으실 분은 대부분 엄마 아빠, 그리고 할머니도 있었다. 자신을 보살펴 주는 분을 먼저 생각하는 아이들이다.

봉투에 담아 주소까지 쓰고는 준비한 우표까지 제자리에 붙이는 아이들의 표정을 보니 편지쓰기 진행은 참 잘한 것 같다.

오래전 우체국 집배원 아저씨가 마을에 들어서면 우리 집에 오는 정겨운 편지가 있을 거라는 확신에 가슴 설레곤 했었다. 전화도 귀했던 시절이라서 빼곡하게 적힌 편지를 받아보면 행복했었는데 지금은 손 편지가 사라진 듯해서 아쉽기만 하다.

부모님들은 자녀한테 받아본 편지가 감동이었다고 이구동성이었다. 나는 내 부모님께 편지를 드리기는 했는지…. 생각해 봐도 없는 것 같다.

어쩌면 내 부모님께 살아생전 편지 한 통 드리지 못했을까?

도서관 근무를 하면서 실행한 재능기부.

면접 보던 날.

"왜 일을 하시려 하나요? 자원봉사가 더 어울릴 것 같습니다만."

아마도 그 질문이 가슴에 남아 있어 일할 수 있음의 감사함과 더불어 재능기부를 시작하게 된 것 같다.

어린이와 진행했던 편지쓰기 수업은 정말 멋지고 좋은 계획이었다.

"선생님! 저 상 탔어요!"

함박웃음을 보이며 자랑하는 어린이의 모습. 장하구나! 우리 함께 글쓰기 잘했구나 싶다.

19. 동화 사랑에 푹 빠져버린 어머님

　중년을 훌쩍 넘긴 나이에 도서관 근무를 할 수 있음이 진심으로 감사하여 재능기부라는 명칭으로 시작한 어린이 글쓰기 수업을 마친 후, 성인을 대상으로 다시 강의를 준비했다.

　내가 탁월한 재능이 있는 것이 아니고 살아오면서 글쓰기를 즐겨 하는 마음이 타인보다 아주 조금 더, 작은 달란트가 있다는 것뿐이다. 도서관에서 홍보를 해주셨기에 모집인원은 빠른 시일에 마감할 수 있었다.

　동화 사랑!

　동화를 사랑하는 마음은 어린이로 연결되어 바쁜 일상에서 아이들에게 동화를 함께 읽거나 그 안에 숨겨진 의미를 찾아내 인성에 도움을 주고자 하는 목적을 두었다.

첫 강의 시작을 앞두고 동화 사랑 모임에 참석한 어머니 모두가 호감을 갖도록 하기 위해 고민했다. 책상과 의자를 서로 어깨를 마주할 수 있도록 원탁으로 배치했다. 진행자와 참가자 모두 원형으로 앉아 있으니 우리라는 유대감이 자연스럽게 형성되는 것 같았다.

첫인사, 내가 먼저 겉치레의 옷을 모두 벗었다.

여러분과 함께 동화를 사랑하는 마음으로 동화 속에 숨겨진 상황을 찾아내어 자녀는 물론 우리도 함께 감춰진 옛 상황을 보물찾기하듯 찾아보자는 인사말과 함께 나의 단점과 부족함을 동화 <벌거벗은 임금님>처럼 훌훌 벗어버렸다.

모든 회원이 자신의 단점을 드러내기 시작했다. 나를 비워내니 상대방도 자신의 옷을 벗어 던지고 그 안에 은은한 사랑이 자리함을 서로가 느껴가는 참 좋은 첫 시간, 첫 만남이었다.

사람 살아가는 상황은 어찌 보면 거기서 거기 아니던가?

부요한가 하면 그 부요함 속에 빈곤이 숨어 있고 빈곤한가 하면 또 그 빈곤함 속에 부요함이 숨겨진 상황을 시간이 흐르다 보면 알게 되는 사실이다.

모두가 유아기를 거쳐 아동기를 지나 학동기와 청소년기를 지나서

성인이 되어 돌아보면 "아! 그랬었구나! 얼마나 힘드셨을까? 왜 몰랐을까?" 한 번쯤 감사하다고, 죄송하다고 사랑한다는 그 말을 못 했을까?

우리의 삶이 그런가 보다. 지나간 시간을 애석함으로 후회스럽다가도 곧 잊어버리고 다시 같은 길을 걸어가며 반복된 희망과 후회 속에서 삶의 시간을 부여잡고 살아가는가 보다.

첫 시간이 끝나갈 즈음에 모든 회원은 끈끈한 사랑을 자신들도 모르게 엮어내고 있음을 느끼면서 돌아보니 나부터 비워내기를 참 잘했다는 생각이 들었다.

나에게 있는 아주 작은 달란트에 더해지는 이웃들의 정겨움은 삶의 아픈 기억을 정화해 따뜻한 사랑의 바다를 항해한다는 착각이 들었다.

수업 기간이 길지는 않았지만, 진행되는 시간마다 나는 동화가 탄생하는 역사 공부까지 할 수 있어 유익한 시간을 보냈다.

수업을 마칠 즈음(15회차 수업) 회원님 모두가 만족하여 계속 이어가기를 원했지만, 여건상 진행할 수 없어 회원님끼리 모임을 진행하는 것으로 마감했다.

글을 쓴다는 것이 제일 어렵다면서도 수업 기간 동안 창작한 짧은 동화, 짧은 수필, 서사시를 도서관에서 액자로 만들어 복도에 전시하는 기회도 얻게 되어 즐거운 추억이 될 수 있었다.

자신이 글과는 전혀 무관한 줄 알았는데 동화사랑 모임으로 자신의
재능을 발견하게 되었다며 제2의 인생을 시작한 분들도 있으니 우리는
모두 가슴에 할 수 있는 무엇인가를 품고 있음이 틀림없다.

　나 역시 늦은 나이에 도서관에서 근무하게 될 줄은 꿈에도 생각하지
못했는데 어느덧 15년째 근무 중이다.

　어머님과 함께했던 동화사랑 시간은 나에게 좋은 추억으로 남아 있다.
동사모 선생님! 그 시간 정말 감사했고 행복했답니다!

20. 생각지도 못한 순간 성교육

"선생님! 있잖아요! 저기 그거 있어요!"

그거라니? 그거 있다고 해결해달라는 표정이다. 초등학교 저학년 여학생이 내 손을 잡고 도착한 곳에는 휴지통에 있어야 할 생리대가 떨어져 있다. 절대, 일부러 버린 것은 아니라고 믿고 싶으면서도 우그러드는 마음을 꾹 눌러가며 아무렇지도 않다는 듯 손으로 집어 화장실에 가져갔다. 발 없는 말이 천 리 간다더니 소곤거림이 퍼져 아이들 여럿이 빙 둘러 서로 눈빛을 나누다가 나를 바라본다.

아마 어떤 언니가 흘렸나 보다고 말하며 나한테 알려줘서 고맙고 이제 가도 된다고 손을 흔들었다.

아이들은 전혀 돌아갈 기미 없이 나를 바라보기만 한다. 왜? 어떻게 하라고? 시선을 보내는데 한 아이가 침묵을 깨고 질문했다.

"선생님! 여자는 왜 그거를 해요?"

답변을 어렵지 않게 해줘야 하는데 어떻게 설명하지? 머릿속은 복잡한데 나도 모르게 불쑥 답변이 나왔다. "아! 몸에서 보내는 신호란다. 나 참 잘 자랐어요! 주인님 고마워요!"라고 몸이 신호를 보내는 거라고 했다.

"그러면 남자도 하는 거예요? 잘 자랐다고?"

그러면서 왜 그런 신호를 보내느냐고 꼬리를 물고 질문한다. 결국 한마디 설명으로 끝날 것 같지 않아 어린이들을 휴게실로 데려갔다.

모두 궁금해 죽겠다는 표정과 호기심 가득 담긴 반짝거리는 눈으로 나를 바라본다. 잘못된 설명을 하면 안 될 것 같다. 가능한 한 쉽게 비유해서 거부감 없이 재미있게 설명해 줘야 한다.

잘 들어봐!

엄마 아빠가 결혼해서 아가들이 태어난다는 건 알고 있지? 아가는 부모님께서 정말 맛있고 좋은 음식으로 먹여주시고 돌봐주시면서 키워주신다는 사실도 알고 있지? 물론 너희들도 그렇게 크고 있는 것도 알지?

엄마한테 태어난 아가들이 건강하게 자라면서 사람 몸 안에 있는 여러 장기도 함께 자라나는데 뭐가 있는지 말해볼까? 맞아, 심장도 있고 음식을 담는 위도 있고, 대장도 있고…. 그래, 오줌을 모아두는 오줌통도 있고, 그렇지, 대변이 마지막 문을 기다리고 있는 똥구멍(아이들은 오줌통, 똥구멍, 콧구멍 이런 말을 박장대소하며 정말 좋아하는데 이유를 모르겠다)이 있고, 핏줄도 있고, 얼굴에 눈도 코도 머리에 아주 소중한 뇌도 있어.

아이들은 인체 탐험 놀이라도 하는 것처럼 서로서로 나도 알고 있어! 하며 즐거워했다.

얘들아, 그런데 여자 몸 안에는 아가 방이라는 아주 귀한 곳이 있단다. 이 아가 방이 이제 나도 아기를 키울 수 있어요! 하면서 한 달에 한 번씩 신호를 내보내는데 그것이 붉은 피로 나오는 것이고 이름은 월경, 혹은 생리라고 부르는 거야. 이제 나도 어른이 되는 중입니다, 하고 신호를 보내주는 것인데 그때부터 여자는 가슴도 조금씩 커진단다. 왜냐하면 아기를 낳으면 엄마가 되는 것이고 아기가 먹어야 할 젖을 만들어내야 하거든.

매우 진지하게 듣더니

"선생님! 그러면 어떻게 아기가 만들어져요?"

또 꼬리를 잡는다.

얘들아, 꽃이 피면 어떻게 씨가 만들어질까? 벌과 나비가 날아다니면서 꽃가루를 여기저기 날라주잖아. 꽃가루가 합해져서 씨가 만들어지는데 그것처럼 사람도 아기 씨앗이 엄마 아가 방으로 들어와야 하거든. 아기씨는 아무나 막 들어오면 안 되겠지? 엄마 아빠가 결혼하면 아빠가 아기씨를 엄마 방에 조심스럽게 넣어준단다. 그러면 엄마는 열 달 동안 아기씨를 잘 키우는 거야. 임신이라고 부르는데 너희들 엄마 배가 쑥쑥 불러오는 것 본 적 있지? 아가 방에서 아기가 저는 잘 자라고 있어요, 하는 표시란다.

꼬리 물기를 끝내야 하는데….

"선생님! 그러면 남자는 어떻게 신호를 보내요?"

이어달리기처럼 질문이 추가된다.

남자는 몸이 달라진단다. 몸에 없던 털이 숭숭 자라나기 시작하고 작았던 가슴이 떡 벌어지고 막 힘이 움쑥움쑥 솟아나는 것도 느끼게 되고 목소리도 멋있어지지. 몸이 변하는 것은 누가 알까? 본인이 잘 알겠지? 너희들은 자신의 몸이 변하면 꼭 엄마와 아빠께 알려드려야 해. 아마도 아빠 엄마는 너희를 아주 대견해하시며 축하해 주실 거야.

다행스럽게 아이들은 저희끼리 서로 무언가 소곤거리면서 돌아갔다. 업무 분야에 없던 성교육을 잘한 것인지 못한 것인지 모르지만, 부지불식간에 하고 말았다.

하지만 지금 생각해 봐도 전문적인 설명은 아니지만, 잘했다고 생각한다. 또 그런 상황이 발생한다고 해도 나는 성의껏 어린이 눈높이에서 설명을 해줄 것이다.

그 아이들은 이제 성인이 되어 그때를 기억하면 나를 어떻게 생각할까? 어쨌든 그들 기억에 호기심을 알려준 좋은 선생님으로 기억해 준다면 고맙겠다.

21. 그림책에 덧말 입혀준다면

그림책을 펼쳐놓고 자신의 생각을 투여하면 모두가 작가가 되고 그림은 수만 가지 형상으로 거듭 되살아난다. 유치원 아이들이 좋아할 만한 파스텔 계열의 은은한 색채, 글자가 없어도 아이들은 저마다의 상상으로 행복하다. 상상의 언어가 아이들의 마음에서 튕겨 나와 그들의 표현을 듣고 있으면 새로운 동화 나라로 들어가는 것 같다.

유아 자료실에 근무할 때면 의도하지 않지만, 그림책 마술에 걸려든다. 가끔 이용자가 뜸한 시간에 유아들을 마주하면 그렇게 덧말 이어가기를 해본다.

교육이 시작되는 나이가 따로 있겠는가? 일상에서 자신도 모르게 습득

되는 일상의 사연들이 스며들어 교육이 되는 것이라고 믿는다.

주변에 보이는 모든 사물 속에는 수학도, 자연도, 과학도, 미술과 음악도 숨어 있으니 보물찾기 놀이하듯 유아들의 마음을 살짝만 건드려주면 자기만의 씨앗이 폭발처럼 터져서 신기한 언어의 마술을 마구 펼쳐 보인다. 일상이 모두 교육재료로 손색이 없다. 우리 몸도 살펴보면 재미있게 풀어 들려줄 교육의 요소들이 듬뿍듬뿍 있다.

책을 데스크로 끙끙거리며 안고 오는 아이들의 눈을 마주 보며 변함없이 칭찬을 보낸다.

"정말 재미있고 좋은 책을 골랐구나!"

한마디에 아이와 보호자의 얼굴이 환하게 빛을 발산한다.

어머님께 넌지시 말을 보탠다.

"그림책에 덧말 입혀주기 놀이를 해보면 정말 좋을 것 같아요."

"어떻게요?"

그냥 마음 편하게 어떤 형식 없이 덧말을 시작해 보면 상상력에 도움이 될 것 같다, 제 생각이니 한번 시도해 보면 좋을 것 같다는 의견은 반납할 때 잊지 않고 좋은 시간이 되었다며 결과를 들려준다.

그림에 등장하는 동물이나 식물, 태양이나 달, 별, 먼지까지 그려진 그림에 제각각 꾸밈말을 하면서 새로운 그림책 변신에 정말 재밌어하고 아이의 기상천외한 상상력에 가족이 깜짝 놀란다고 한다.

바쁜 일상생활에 시간을 아주 조금만 할애하여 덧말을 옷처럼 입혀준다면 희망이 조금은 더 크게 자리하지 않을까 하는 생각이다. 그렇게 독서의 재미에 빠져들다 보면 언어의 마술사가 되는 것도, 나아가 논술 향상에도 작게나마 도움이 되지 않을까 싶다.

정말 많은 그림책이 서고에 빼곡하다.

많은 꼬마 친구와 함께 여행을 떠났으면 좋겠다. 아이들과 침묵의 언어로 대화하며 그들의 마음에 상상의 나라가 만들어져 책과 함께 성장하는 어린아이가 되기를 바라는 마음이다.

내가 자라나던 시절에는 책방에서 돈을 주고 빌려보는 것이 전부였다. 반납 일자를 지키지 못하면 벌금을 내야 하는 시절이었다.

"선생님은 책을 참 많이 볼 수 있어 좋겠어요!"

책 속에 묻혀 지내지만, 생각처럼 많이 볼 수 없다.

글자 없는 그림책마다 덧말을 입혀주면 어떤 내용이 되려나? 혹은 책 마지막 쪽에 빈 종이를 한 장씩 덧붙여 덧말을 쓰게 한다면?

유아 자료실에 빼곡한 그림책들을 바라보면서 속말을 던진다.

정말 재미있을 것 같은데….

22. 할머니 선생님인데

아이들은 자신의 생각을 더하거나 빼거나 계산 없이 정확하게 표현한다.

"할머니 선생님!"

오전에 엄마와 자주 방문해 그림 동화책을 즐겨 보는 어린아이가 오늘따라 기분이 좋은지 조금은 큰 소리로 나를 부르며 다가온다.

근래 간혹 듣게 되는 호칭이라 그다지 거북하지는 않다. 오히려 친숙하고 정감이 담겨 있는 아이의 목소리다. '할머니는 사랑'이라는 부등호가 성립한다고 말하면 틀린 말인지 모르지만, 할머니, 할아버지! 호칭이 좋기만 하다. 어머니께서 오히려 당혹스러운 표정으로 죄송하다며 어쩔 줄 몰라 하신다.

"아닙니다. 저 할머니, 맞습니다. 어린아이가 아주 정확하지요, 괜찮습니다."

"엄마! 할머니 맞는데? 맞죠? 할머니 선생님!"

재차 엄마와 나를 보며 확인한다.

어느새 아줌마에서 할머니라고 듣게 되었다. 호칭이 처음에만 어색하더니 계속 듣다 보니 괜찮다. 세월의 흐름은 감출 수 없다는 말이 진리인가 보다. 그나마 내 나이를 많이 가감된 숫자로 물어보는 이용자님, 나이보다 젊어 보인다는 동안의 혜택을 맘껏 누리는 시기도 얼마 남지는 않았지만, 그조차 다행일까?

아이는 왜 엄마가 그렇게 부르지 말라고 하는지 알 수 없다는 표정이다.

예전에는 환갑만 되어도 할머니였는데 지금은 은은한 향기가 나오는 꽃중년이다. 칠순이 넘어서야 중년을 막 지나가는 장년일까? 건강을 향한 노력으로 나이는 숫자에 불과하다는 말처럼 이제는 정년퇴직이라는 기간도 변경되어야 할 것 같다는 생각이 든다. 어느새 백 세 인생이 되어가는 현실이니까.

나 역시 쉰 중반에 새로운 직업군을 찾아 일하기 시작하고 어느새 15년이란 경력에 칠순을 바라보고 있다. 기계적이고 빠른 순발력을 요구하는 직업군이 아니라 다행스럽기는 하다.

한 발짝 느리게 이용자와 대면하고 그들의 속말도 들어주며 이용자분의 생각에 맞장구치며 그분들의 마음을 편안하게 해줄 수 있는 이 직업이 딱 안성맞춤 직업군이다.

할머니 선생님!

이 단어 속에는 느긋함과 여유로움과 사랑이 들어 있으니, 나도 모르게 인심 좋은 할머니가 되어 사랑의 손길을 쭉쭉 보낸다.

구연동화 교육을 받고 자격증을 취득했던 이유도 유아들에게 생동감 있는 목소리로 따뜻함을 전해주고 싶어서다. 재능기부로 어쩌다 아이들에게 그림책을 보여주며 자유롭게 덧말 옷을 입혀, 다 알고 있는 동화가 아닌 전혀 생뚱맞은 이야기로 변해버리면 환한 웃음꽃을 피우며 좋아한다.

내가 살던 50·60년대 그 시절 할머니나 어머니는 구연동화를 잠자리에서 들려주며 마음을 어루만져 주었다. 듣고 또 들어도 좋은 것은 목소리가 구수하며 사투리도 첨가한 이야기 전개에 사랑이 담겨 있어서일 것이다.

지금도 기억한다. 책이 아닌 목소리로 옛이야기를 듣다가 잠이 들어 꿈 속 동화 나라에서 놀다가 잠이 깨면 너무 아쉬움에 꿈나라에서 나오지 않으려 이불자락을 끌어안고 엉기적거리던 어린 시절이다.

할머니 선생님은 여유로움을 지녔고 생활에서 오는 경륜으로 지식보다 는 지혜로움으로 부지불식간에 발생하는 민원도 순조롭게 처리할 수 있 다고 자부한다. 젊은 사람보다 민첩성이 낮고 정보력도 부족하겠지만 살 아가는 생활에서 쌓이는 지혜로움은 자화자찬일지 모르지만 탁월하지 싶다.

지식은 학습으로 쌓여가지만 지혜로움은 모진 사건들을 헤치고 살아 온 시간의 결과라는 생각이 든다. 주저하지 말고 그냥 보이는 대로 불러 주면 된다. 너희가 보는 눈이 정확한 모습이니까.

"할머니 선생님! 맞지요?"

아이의 정확한 시선이다. 그런데 할머니는 맞지만, 젊은 할머니란다.

셋,

머리 위로

달리는 전동열차

23. 급해요! 그거 있어요?

    학생들은 간혹 그거 있느냐고, 앞뒤 딱 잘라버리고 급하다며 질문한다. 어른들도 간혹 그거 있는데…. 하면서 어정쩡한 요청을 한다.

    스위치를 터치하면 원하는 물건이 숭숭 나오는 기계처럼 몇 마디 요청에 마음마저 읽어 내리는 요술 같은 근무자가 되어야 하는가 보다. 도서명을 말하면 몇 번 서가 몇째 칸에 있다며 알려드리면 '우와! 대박! 선생님! 짱! 짱!' 하면서 책을 찾아온다.

    가정에서 아이들이 제 물건을 찾을 때 엄마는 거의 족집게가 되어 말이 떨어지기 무섭게 찾아주는 것은 집 안에 있는 물건들이 어느 자리에 있는지 알기 때문이다.

도서관 근무도 그와 마찬가지라는 생각이 든다. 근무시간 틈틈이 서가를 살펴본 덕에 책들의 위치는 완벽하지는 않더라도 어느 정도는 알 수 있어서 그 책 어디 있어요? 찾아주세요! 하면 재빠르게 찾아드릴 수 있다.

"소 뭔데…."
"아! 황순원 선생님의 소나기?"
"아니요. 소나기 말고 소 뭐라고 했는데…."
"아! 송아지?"
"예, 맞아요. 송아지, 그거 어디 있어요?"
"쥐 있잖아요. 그거 찾아주세요."
"과학 뭔데…."
"다리 뭐라고 하였는데…."
"국어 교과서에 있던 거, 닭 뭐던데…."
"셔츠 뭐라고 했는데…."
"쥐가 나오는 동화라고 하던데…."
"걷기 뭐라고 하던데…."
등등.
앞과 뒤를 뚝 떼어내고 찾아달라는 요청에도 당황하지 않고 책을 요청하는 대상의 연령대를 가늠하며 번개처럼 머릿속으로는 도서명을 검색한다.

"선생님! 정말 대박!"

환하게 웃으며 엄지 척을 보이며 책을 품고 신나게 돌아간다.

우리도 그랬으면 좋겠다.

살면서 힘겨울 때.

"그거 있잖아요? 지금 필요하거든요."

이 한마디에 마술처럼 필요한 위로와 웃음을 전달해 줄 요정이 우리 곁에 있었으면 참 좋겠구나 하는 엉뚱한 상상도 해본다.

24. 선생님은 잔소리 마왕

그는 학교 밖 청소년으로 보인다.

도서관 이용자에게도 개근상이 있다면 그는 분기마다, 학기마다 상을 받을 수 있을 정도로 하루도 거르지 않고 도서관에 와서 선생님과 눈도 장을 콕 찍는다. 그러고는 자신이 앉았던 자리를 찾아가 소지품을 책상 위에 올려놓은 뒤 서가를 휘돌아 책을 여러 권 꺼내서 자리로 가져간다.

책을 읽기는 하는지 확인할 수 없어 간혹 나는 그 청소년에게 책을 읽었느냐 묻고 내용도 묻는다. 하지 않아도 될 질문이지만 너에게 관심이 있다는 마음을 넌지시 알려주는 나름의 내 방식이다.

그 청소년은 책을 접고 줄 긋는 버릇과 귀를 후비거나 코를 파다가 책을 펼치고 접고, 한시도 가만있지 않는다. 그 청소년이 도서관을 나서면 얼른 책을 가져와 확인해야 한다. 다른 사람이 책을 보다가 접혀 있거나 밑줄이 좍좍 그어졌거나 혹시 코딱지라도 묻어 있기라도 하면 곤란하니까.

어쩔 수 없이 자꾸만 책을 잘 보라는 둥, 책 쪽마다 접지 말고 밑줄 긋지 말고, 손 씻고 오라는 둥, 시도 때도 없이 지적하는 소리가 듣기 싫었는지 "선생님! 할 말 있어요!"라며 나를 부르더니 조금 큰 소리로 말했다.

"선생님은 잔소리 대왕! 잔소리 대마왕!"

"나도 잔소리는 싫은데 어쩌니? 네가 자꾸만 책을 귀찮게 하잖아?"

무언가 불안정한 마음에서 나오는 행동일 것 같지만 공공시설을 이용하는 데 잘못된 행동이라고 조용하게 타일렀다.

측은하기도 했다. 나는 일부러 그 청소년을 불러 앉히고 책 내용을 물어보는 것은 한 문장이라도 마음을 움직이게 할 글님을 만났으면 하는 바람에서다. 잔소리라도 들을 수 있다는 것은 자신에게 관심을 두고 있음이니 그 또한 작은 배려가 아닐까?

'잔소리 대왕 선생님'하고 놀리듯 부르면서도 배시시 웃음을 건네는 청소년도 내가 그다지 싫다는 표현은 아닌 것 같다.

별별 관심과 신경을 고루 살펴야 하는 이유는 작은 배려와 관심이 따듯함으로 받아들여질 때 숨어 있던 희망이 움쑥거리며 싹을 틔우는 계기가 되지는 않을까 해서다.

나와 마주하는 모든 이용자가 훗날 나를 기억할 때 "아! 그 선생님은 정말 따듯해!"라고 기억되기를 바라면 욕심일까?

잔소리 마왕이라고 나를 호칭하던 학교 밖 청소년, 지금쯤 어떤 모습으로 자리하고 있을지 궁금하다.

25. 청소년에게 미리 불러주는 미래의 직업

청소년들의 방문을 진심으로 환영한다.

공부하는 틈틈이 수다도 풀면서 필독서 외에 다른 책을 빌려 가는 학생들에게 너는 희망이 뭐냐고 질문한다. 다양한 직업들을 그들에게서 듣는다.

가능한 한 그들의 희망을 기억하려는 이유는 그들에게 미래의 직업을 앞당겨 불러주기 위해서다. 교사, 과학자, 미용사, 건설업자, 의사, 여행가, 가수, 댄서 등등 참 많은 직업을 듣는다.

"아유! 미래의 가수님 오셨네? 멋진 가수가 되어 나를 만나면 기억하고 반겨줄 거죠?"

조금의 관심을 보내는 것뿐인데 환하게 웃으며 좋아하는 청소년들의 모습을 보면 미래의 직업 앞당겨 불러주기는 잘하는 것 같다.

관심을 보낸다는 것은 그들에게 '할 수 있고 꼭 해내고 말겠다'는 의지를 심어주는 것 같다.

"선생님! 저요, 상 탔어요!"

칭찬해달라는 표현이다.

함께 방문하는 부모님을 마주할 때면 이렇게 모범적인 자녀를 두어 좋으시겠다며, 칭찬을 많이 해주셔야 할 것 같다는 말씀을 드리면 부모님의 얼굴에도 환한 웃음이 번진다.

우리는 칭찬에 돈 드는 것도 아니건만 참 인색한 것 같다.

"와! 너 참 잘했어! 엄마는 못했는데. 아빠도 너처럼 잘하지 못했는데 지금 봐! 그럼에도 아빠는 멋지잖아?"

자신에게 있어 최고의 아빠 엄마가 나보다 못했다는데, 나는 참 잘했구나, 좋아! 자신 있어!

아이들은 신뢰와 응원을 받으며 자존감을 쑥쑥 키우며 때가 되면 스스로 자신의 자리를 찾아간다. 모든 청소년이 밤하늘의 별을 볼 수 있는 여유를 갖고 주변의 변화를 느낄 수 있으며 여유로운 마음으로 성장할 수 있기를 바라는 마음이다.

　나에게 다가오는 청소년들에게 나는 그들이 꿈꾸며 희망하는 미래의 직업을 근무하는 동안 계속 앞당겨 불러줄 것이다. 그 호칭이 어떤 에너지를 주는지 알 수 없지만 분명한 것은 그들은 명칭을 즐거워하고 자신의 꿈을 향한 힘을 받는다는 사실이다.

26. 왜 도서관 선생님이 되었어요?

방학이 시작되면 연중행사처럼 학생들이 진로와 관련하여 인터뷰하겠다고 방문한다. 나는 문헌정보학 전공자도 아닌데 늘 내게로 다가오는 학생들이다.

질문 사항도 매번 변하지 않고 공통적이다. '왜 도서관 선생님이 되었어요?'라고 시작해서 '도서관에서는 무엇을 하고 있나요? 후회는 하지 않나요?' 등의 질문이지만 상세하게 답변해 주고자 하는 편이다.

다행스러운 것은 도서관의 역사라든지 세계에서 가장 오래된 도서관이 어디 있으며 우리나라 최초의 도서관에 관한 것, 우리나라 도서관은 몇 개나 되느냐 등등 전문적인 사항은 인터넷 검색으로 상세하게 알 수 있어 학생들의 과제는 도서관에서 직접 선생님을 만나 질문하고 답하는 현장 인터뷰를 하는 것이다.

"한 나라의 과거를 보려고 하면 박물관으로 가고 미래를 보려면 도서관으로 가라"는 말이 있는 것처럼 너희들이 도서관에 관하여 알아보고자 하는 것을 보니 너희의 미래가 상당히 좋아 보인다며 칭찬과 함께 질문에 응해준다.

나는 왜 도서관 근무를 하게 되었을까?

계획하고 시작한 것은 아니다. 자녀 양육에서 해방되자 다시 일을 하려는 내 모습은 사회에서 필요한 자격증 하나도 갖추지 못한 평범한 아줌마였다. 수소문으로 주거지 가까운 곳에 직업학교가 있음을 알아냈고 최고령자로 입학했다. 잘 적응할 수 있을까 하는 선생님의 염려와 달리 학구열에 불타올라 시간마다 질문 공세로 선생님을 불편하게 만든 결과 졸업할 즈음에 컴퓨터 관련 자격증 3개를 취득할 수 있었다.

그 자격증을 발판으로 시작된 도서관 근무는 어느새 15년, 돌아보니 도서관 업무가 그리 만만한 직종이 아니라는 사실이다. 감정근로자가 따로 없고 간혹 심리상담사가 되기도 하는, 바쁘고 조금은 고된 업무다. 사람과의 관계가 좋아야 하고 순간순간 대처능력이 필요하고 다양한 질문에 멈칫거리지 않고 대답하며 책과 관련된 보편적 지식은 숙지하고 있어야 하는 업무라고 내 생각을 말해준다.

도서관 근무를 후회한 적은 없나요?

나는 한 번도 후회하지 않았다. 책을 통하여 길을 찾아주고 아픔에서 치유의 방법을 찾아가며 어린아이의 마음속에 꿈을 가꾸게 할 수 있으니 참 좋은 직업이며 내 적성의 길을 늦게야 찾았다는 답변도 들려준다.

도서관에서는 무엇을 해요?

무엇을 할까? 손으로 꼽아가며 설명하자면 무수하게 많은 잡다한 일들을 어떻게 일일이 설명해 줄 수 있을까?

사람이 태어나면 출생신고를 해야만 주민등록번호가 발급되는 것처럼 책도 도서관에 들어오면 고유번호를 부여하고 책에 집을 줘야 하는 일을 한다고 설명했다. 각각의 책들은 자기들의 집이 있고 그 집은 십진분류법에 맞도록 구분해 주며 주소는 청구기호라는 표식을 부착하여 제자리에 두어야 하며 마구잡이로 아무 곳에나 책을 두면 이용하는 사람이 불편하고 선생님은 그 책을 찾기 위하여 눈이 아프도록 서가를 살펴야 하니 모두가 조심스럽게 다뤄야 한다고 설명했다.

책이 대출이라는 이름으로 여행 후 다시 서가에 돌아오면 여행을 잘 마치고 돌아왔는지 책 상황을 살펴야 한다. 낙서가 되어 있거나 페이지가 뜯겨 있거나 볼펜으로 여기저기 수없이 밑줄 친 책은 서가에 비치하기 어려워 책을 보수하는 것도 일과 중 하나라는 설명에 학생들은 입을 벌리며 놀라워했다. 그뿐일까? 상담자로서 마음가짐도 필요한 직업군이라는 설명에 "도서관에서 일하는 것은 생각보다 어려운 직업인 것 같아요"라며 마지막 인증사진까지 요청한다.

"얘들아! 정면은 말고 측면만 찍어도 되겠지? 측면이야!"

완벽한 측면 사진 촬영으로 인터뷰는 종료했다.

다음 날, 젊은 어머니 두 분이 도서관을 방문해 어제 인터뷰해주신 선생님이 누구냐고 묻는다. 아뿔싸! 뭐가 잘못되었구나 싶어 조금 걱정스러운 마음으로 아! 정말 하지 말아야 했는데 괜히 했구나, 후회하며 제가 했는데 완전하게 못 해줘 죄송하다는 변명을 미리 말했다.

"아뇨! 절대 아닙니다. 아이들 진로 과정에 관하여 신경을 많이 써주신 것 같아 감사하다는 인사를 드리려고 왔습니다. 바쁘셨을 텐데 정말 고맙습니다!"

두근거렸던 마음은 순식간에 뿌듯함으로 전환되고 마음은 날아갈 듯했다. 아이들 과제가 칭찬을 받았다는 소식을 들었다.

아이들과 함께할 수 있는 시간이 감사했고 나를 기억할 때 "아! 그 선생님! 정말 좋아!"라고 기억된다면 이 또한 행복한 현재, 그리운 과거가 아닐까?

　나는 이곳이 참 좋다. 더 일찍 알았더라면 전문적인 교육으로 훨씬 좋은 근무자가 되지 않았을까?

27. 돈 봉투 그리고 박카스 한 병

무인 반납함 도서를 처리하는 중에 두툼한 편지봉투가 툭! 떨어진다.

봉투를 열어보니 적지 않은 금액의 돈이 들어 있다. 바빠서였을까? 아니면 별생각 없이 그랬을까? 적지 않은 돈이 사라졌으면 여기저기 찾을 것 같은데 무소식이다. 무인 반납함 도서를 한 권씩 거슬러 추적하고 대출자를 검색하여 한 사람씩 전화를 걸어본다.

"혹시 책 속에 돈 봉투 넣으셨나요?"

정직한 사람들, 아니요! 전혀요! 그러다 확인이 끝나갈 즈음 연락이 닿았다.

"아! 확인할게요. 어머, 제 돈 같은데요?"

금액이 얼마죠? 맞다. 천천히 시간 될 때 오시면 돌려드리겠으니 걱정하지 말라고 했는데 헐레벌떡 숨을 몰아쉬며 대학생인 듯 앳된 여성이 상기된 얼굴로 들어왔다.

"아! 정말 생각도 못 했어요. 방학 중에 아르바이트했는데 그곳 사장님이 후하게 더 주셨어요. 열심히 살아가라고 하면서."

금액을 확인 후 내어주었다. 환한 웃음을 보이며 돌아가는 학생의 모습을 보며 그렇게 애써 번 돈을 잃었으면 얼마나 애가 탔을까? 찾았으니 다행이다.

그 학생은 박카스 한 병을 손에 들고 다시 돌아왔다. 계면쩍게 웃으며 감사하다는 인사와 함께 박카스를 내게 전한다.

'아! 박카스 한 병!'

안 줘도 된다고, 찾을 수 있어 우리도 마음 편하다며 받지 않으려 했는데 그 학생은 데스크에 올려놓고는 빠른 걸음으로 돌아갔다.

돈의 행방을 찾고자 수고했던 선생님 중, 어느 분께 박카스를 드릴까 하다가 조용히 가까운 편의점을 향했다. 돈 봉투를 해결한 뒤 나는 박카스 한 박스를 구입하여 선생님들과 나눠 마시며 성경책에 등장하는 오병이어를 생각했다.

가끔 반납 도서 안에 여러 소지품이 있다. 신용카드, 관리비 청구서,

물품 청구서, 영수증, 자격증, 학생증 등이 주인을 떠나서 우리 손을 거쳐 다시 제 주인을 찾아가는 일이 심심치 않게 발생한다. 보물찾기하듯 그 물건의 주인을 탐색하는 일은 우리를 탐정으로 변신시켜 어느 때는 재미도 있다. 환하게 웃으며 고맙고 죄송하다며 찾아가는 이용자들을 대할 때면 죄송한 일이 아니니 마음 편히 하시라고 답변한다.

"바쁜 세상이라 그런 것 같습니다. 저도 그럴 때 있거든요."

나 역시 은행 현금 인출기에서 현금은 그대로 두고 카드만 달랑 꺼내 들고 친구들과 만나 놀다가 아주 뒤늦게 아차! 내 현금! 놀란 마음으로 은행에 연락했더니 안심시켜 주며 통장에 입금해 드릴까요? 하는 답변을 듣기도 했다.

지금은 곳곳마다 감시카메라가 설치되어 있어 문제가 발생하면 해결이 어렵지 않겠지만 감시카메라와 양심, 그들이 겨루기를 한다면 양심이 우위 선상에 있어야겠다.

도서를 읽으며 무의식중에 책갈피 대신 카드를 사용하거나 현금을 끼워두는 분들도 있지만 아무 걱정 하지 않으셔도 됩니다. 순간 탐정으로 변신한 선생님 모두가 주인을 찾는데 전문가가 되어 있으니까.

그래도 급여 봉투를 책 속에 끼워두고 반납하는 일은 발생하지 않았으면 좋겠다.

28. 자○행위 어떻게 생각해요? 선생님

　5월은 참 좋은 계절이다. 도서관 실내로 꽃향기가 바람에 실려 배달된다. 나는 자연이 보내주는 향기가 참 좋다. 갈색 나뭇가지에 봉긋하니 움이 트는가 하면 어느새 꽃이 향기와 함께 인사를 보낸다. 그 추운 겨울 참 잘 견디어 냈구나, 꽃들이 내 마음을 알아주든지 말든지 칭찬을 수시로 보내준다.

　누군가가 나에게 그 힘겨운 시간 잘 버티고 살아오셨어요! 인사를 건네면 가슴이 뭉클하고 눈언저리가 촉촉해진다. 위로를 받는다는 것은 에너지 충전이 되기에 충분하다. 모든 동식물도 위로와 격려, 칭찬을 들으면 힘을 받아 행복해지지 않을까? 간혹 나이에 맞지 않게 헛된 상상에 빠질 때가 있지만 나쁜 상상이 아니니 좋은 쪽으로 생각한다.

진달래가 숲속 갈색 나뭇가지 사이로 저 살아났다고 연분홍 모습을 보이면 예순을 지나 일흔을 앞에 두고도 마음이 일렁이고 무언가 아릿한 마음이 드는 것은 왜인지 모르겠다. 봄과 관련된 어떤 진득한 추억도 없는데 왜 이러는지… 아마도 숨이 멎을 때까지 가슴이 아릿해짐은 사라지지 않을 것 같다.

봄은 사람의 마음을 슬쩍슬쩍 건드리며 잠자던 옛 기억을 소환하고 좀 더 나은 미래를 기대하는 힘도 있다고 생각한다.

새해가 시작되면 많은 사람들이 지난해 이루지 못한 계획을 아쉬워하며 다시 새로운 설계를 한다. 학생들도 계획을 세우고 학업에 충실히 매진하겠노라 다짐한다.

이처럼 따스하고 기분 좋은 봄날 이른 시간, 시험 기간도 아닌데 중학생 정도로 보이는 청소년 남녀가 들어선다. 복층으로 된 도서관이라 2층은 수시로 순회하며 자료실을 살피는데 학생들의 모습이 사라졌다. 별일이야 없겠지만 아무리 살펴봐도 숨바꼭질하듯 찾을 수 없어 마지막으로 화장실 문을 두드려 보았지만, 반응이 없다 그렇다고 문을 열어볼 수는 없는 노릇이었다.

"선생님! 남자 화장실에 왔었어요?"

"응, 갔었는데 왜?"

"선생님은 여자인데 남자 화장실에 왜 들어와요?"

'왜'라는 말에 힘을 준다.

"너 화장실에 있었구나! 문 두드릴 때 왜 반응을 하지 않았니? 선생님은 남자, 여자 화장실 모두 확인할 수 있는 거야, 몰랐구나?"

학교 밖 청소년인지 알 수 없지만 그렇다면 둘이 함께 화장실에 있었나 하는 추측이 들었다. "그렇군요" 하면서 다시 2층으로 올라간 남학생은 다시 내게로 오더니 당돌하게 물었다.

"선생님! 물어볼 게 있어요! 자○행위를 어떻게 생각하세요?"

생각지도 못한 질문을 훅 던져버리니 순간 당혹스럽다. 답변해야 하는데 머릿속이 텅 비어가고, 뒤죽박죽이다. 그래도 주춤거리는 모습을 보이면 안 된다는 생각에 나도 모르게 재빠른 답변이 나왔다.

"얘, 너는 이미 정답을 알고 있는 것 같은데, 내가 설명을 해야 하는 거니? 모르면 답변을 해주겠지만 네 표정을 보니 정확하게 알고 있구나!"

그 학생은 머리를 긁적이며 2층으로 향했다. 학생의 뒷모습을 바라보는데 섬뜩하며 가슴이 작게 떨려온다. 별일이야 없겠지.

창밖은 화창한 봄날이고 아이들 음성이 도서관 주변에 파도처럼 오가는데 오늘은 자꾸만 불안한 마음이 드는 것은 그 학생 때문일까?

아니면 아직 상대방의 마음을 헤아리지 못한 내 부족한 마음 탓일까? 유아들을 동반하고 도서관을 방문한 어머님들이 오래 계셨으면 좋겠다는 생각이 든다.

학생이 또 조르르 데스크로 다가오더니 긴팔 소매를 단박에 걷어 올렸다.

"선생님! 그럼 이건 어때요?"

작정하듯 팔을 쑥 들이미는데 손목 윗부분부터 팔꿈치까지 무엇으로 그었는지 붉은 피맺힘 상처가 죽죽 나 있다. 조금만 깊게 생채기가 났더라면 피가 흘러나왔을 것 같다.

어떤 불만이나 불평이 쌓여 내게 꼬투리를 찾으려고 하는 것이 분명해 보였다. 어찌 보면 안타깝기도 하다. 한창 신나고 즐겁고 푸릇한 청소년들이고 미래를 향한 꿈을 키워내야 할 시기인데 지레짐작하는 것이 아닐지 모르지만, 왠지 그 학생들의 마음은 회색일 것 같다.

"어디서 이렇게 생채기를 내었어? 그런데 다행이다. 피는 나오지 않으니 괜찮구나! 조심해야지, 네 몸을 그렇게 막 대하면 남들도 네 몸을 막 대하게 되거든. 네 몸의 주인인 너부터 잘 대해줘야 해! 알겠지?"

2층으로 조르르 올라가더니 여학생과 함께 내려온다.

"그런데 어떻게 그렇게 잘 아세요? 보여요?" 하면서 데스크 안쪽을 기웃한다.

여기는 멈춰! 금지구역! 들어오면 안 되는 곳이라는 말에 얼굴을 쓱 디밀더니 재빠르게 컴퓨터 측면을 살핀다. "아! 저기에 CCTV가 있네. 그래서 아는 거구나!" 하면서 도서관을 나가는데, 그렇게 돌아가는 모습이 다행스럽다가도 안쓰럽다가도 오후 내내 마음이 불편했다.

그 학생이 던진 섬뜩한 질문, 제 몸 상처를 보여주면서까지 내게 무엇을 원한 걸까? 나는 그 학생의 마음을 어루만져주기는 했을까?

어떤 행동에도 완벽하게 대처할 수 있다던 자부심은 어디로 숨어들고 그때는 왜 그렇게 떨리는 마음으로 따뜻한 말 한마디를 건네지 못했을까?

"네 몸을 그렇게 막 대하면 남들도 네 몸을 막 대하게 되니 잘 대해줘야 해. 알겠지?"

이 한마디에 조금은 누그러진 청소년은 어떤 모습으로 자리매김하고 있는지, 다시 똑같은 질문을 받게 되면 따뜻한 차라도 한 잔 제공하면서 왜 그런 질문을 하는지 마음을 살펴보고 편하게 답변을 해줄 수 있을 것 같다.

도서관에서 근무하려면 사람의 마음조차 헤아려가며 심리작전도 추가해야 하는가 보다.

29. 책들의 신기한 변신

신간이 들어오면 책 내음이 강하다. 그 첫 인쇄된 글자와 첫 만남에 지남철처럼 끌려 새 책들과 인사를 나눈다. 나눈다는 것이 아니라 나 혼자 좋아서 제목들을 일단 살펴보며 손끝 터치로 어떤 책을 먼저 대출할지 순번을 정한다.

신간은 며칠 사이 전부 독자와의 여행길에 떠나버린다. 반납할 때면 책이 파손되지는 않았는지, 아예 뜯겨나간 쪽은 없는지 꼼꼼하게 살피는 편이다. 우리 도서관의 새로운 가족이 된 책이 이용자와의 만남에서 보낸 시간을 가늠해 본다고 할까?

문제가 발생하는 책들은 대면 반납보다는 비대면 반납이 이루어져 무인 반납 도서는 조금 더 신경을 쓰게 된다.

'어라? 이 책 뒷면에 냄비 자국이 있는데?'

'이 책은 아예 수영장 다녀오셨군!'

'이 도서는 아예 변신하셨어!'

대출한 이용자의 정보를 검색하고 확인 전화를 하지만 대부분 같은 답변이다.

"저 모르는 일인데요? 빌려 갈 때부터 그랬거든요."

신간이라 선생님이 최초 대출자라고 답변을 드려도 "당신 말은 몰라, 나는 아니거든? 그러니 내게 뭐라 하지 마세요." 이런 답변이 돌아온다. 배짱도 좋으신 이용자님들. 할 말이 없다.

냄비 자국에 이지러진 책은 얼마나 뜨거웠을까? 보듬으며 상한 마음을 달랜다. 간혹 그렇게 자기 잘못을 나 몰라라 하는 분들을 마주하면 기간별로 <도서관 제대로 이용하기>라는 프로그램을 진행해도 좋지 않을까 하는 생각도 든다.

커피 자국이 흥건하게 묻어서 되돌아오거나, 무언가 모를 음식물 같은 것들이 묻어 있거나 머리카락, 면봉이나 구겨진 휴지까지 책갈피처럼 끼워 반납된다.

'저 혼자 수영을 즐겼나 봐요, 이 책이.'

'얘는 혼자 화장하다가 멈췄는데요?'

답변하지 않아도 되겠지만 일부러 양심에 하소연하듯 책을 소중히 다뤄주십사 하는 바람에서 혼잣말처럼 중얼거린다.

책을 좋아하는 분들이라 대부분은 자신의 실수를 인정하고 동일 도서를 구입하여 오는 편이고 청소년들은 책이 훼손되어 죄송하다며 어떻게 해야 하는지를 묻는다.

나는 책들의 여행이라는 말을 즐겨 한다. 이용자들과 만나서 함께 시간을 보내며 웃고 즐거워하며 혹은 치유를 주는가 하면 에너지를 전달하고 희망을 품게 하는 책들의 여행은 작가 선생님의 혼이 담긴 것이라 표현하고 싶다. 단 한 사람이라도 책을 통하여 변화할 수 있다면 그 작가 선생님은 칭찬받아 마땅하다고 생각된다.

화사하게 몸단장하고 세상으로 나온 신간 도서들! 많은 사람들과 만나게 되는 동서양의 수많은 도서, 고서들. 그 책들이 귀하게 대접받고 아무리 급하다 해도 책을 냄비 받침이나 다른 용도로 사용하지 말았으면 좋겠다.

책을 대출 후 그대로 가져왔다고 답변하신들 다른 사람한테는 숨길 수 있어도 본인한테는 거짓을 우길 수 없음이니 그저 고개 숙인 양심을 건드릴 수밖에.

30. 너희는 입으로 카톡 하는구나

　불특정 다수에게 활짝 열려 있는 도서관이다. 개관 시간에 맞춰 방문하는 사람은 공부하는 분들이라 고정 좌석처럼 이용하고자 이른 시간부터 문이 열리기를 기다리며 서 있다.

　교육 복지시설 중 도서관은 꼭 필요한 시설이라고 생각한다. 내 어린 시절에 요즘처럼 도서관이 지역마다 있었더라면 얼마나 좋았을까? 아마 나도 단골 이용자가 되어 책과 함께 성장했을 것이다.

　그 시절에는 만화방이나 책방에서 돈을 주고 책을 빌려보고 제날짜에 반납하지 못하면 벌금까지 지불했다. 늦은 시간이면 불 끄라는 부모님의 꾸중에 이불을 뒤집어쓰고 몰래 책을 보았는데 요즈음은 참 좋아진 세상이다.

이용자별로 어린이나 성인 학생들이 각각 이용할 수 있게 구분되어 있어 참으로 편리하다. 유아를 동반하고 방문하는 부모님은 또래 집단의 정보도 공유하며 아주 편리하게 아이들에게 책도 조곤조곤하게 읽어주고 아이들도 어려서부터 도서관이라는 공간을 친숙하고 편안하게 인식하며 책을 가까이 접할 수 있으니 일거양득이다. 간혹 구분된 공간을 잊고 우르르 몰려다니는 학생들도 있지만 그조차 예쁘게 보인다.

주말이다. 카톡카톡, 소리가 점점 커지는 구석진 자리로 가보니 청소년들이 둥그렇게 모여 앉아 스마트폰에 열중하고 있다. 그림동화를 보여주거나 낮은 목소리로 아기들에게 동화를 읽어주던 어머님의 눈빛이 따갑다. 관리를 하지 않느냐는 질책의 시선을 계속 보낸다.

"얘들아! 여기는 유아실인 거 알지? 자리를 옮기든지 아니면 카톡 소리를 줄여주면 좋겠구나!"

10대의 학생들은 자기주장이 강한 건지 아니면 내 마음인데요! 어때요? 하는 무언가 반항적인 모습인지 도통 반응도 없이 한 번 휙 쳐다보더니 아예 그림자 취급이다. 카톡 소리를 높여가며 키득키득 웃음까지 터트린다.

"아하! 너희들 카톡은 입으로 하는 거구나! 그런 스마트폰이 있는 줄 몰랐네, 입 크기를 줄여야 하는 거냐?"

앉아 있던 여학생들이 당혹스러운 얼굴로 내게 일제히 시선을 보낸다.

나도 순간 그런 말이 튀어나올 줄 몰랐다.

그 자리에 더 있다가는 웃음이 터져 나올 것 같다.

"얘들아! 카톡 입을 줄여줘! 입이 큰 만큼 소리도 큰가 보네, 다른 분들도 계시는 거 보이지?"

이 말을 던져놓고 데스크로 돌아와 바닥에 주저앉아 소리를 죽여 가며 참을 수 없이 눈물이 나도록 웃었다.

왜 그렇게 숨어서 웃는지 궁금해하는 선생님께 지금 대답할 수 없으니 조금만 기다리라고 했다. 아무리 생각해 봐도 학생들에게 했던 말이 잘한 건 아니지만, 생각지도 못한 황당한 말에 학생들도 무척 당혹스러워했다. 내가 데스크 아래 주저앉아 웃음을 주체 못 하고 있는데 학생들은 카톡 소리와 함께 자료실을 나갔다.

잔잔한 일상으로 돌아온 유아 자료실, 가끔 들려오는 아가들의 음성은 샘물처럼 맑고 낭창하다. 듣고 있노라면 내 가슴에 이슬이 송알송알 맺히듯 고요함 중에 이른 아침 숲속 노랫소리 같다. 내가 그 학생들을 기억하듯 그들도 한동안 나를 기억하고 있을 것 같다.

'질렸어, 입 크기와 카톡이라니? 정말 괴짜 선생님이야'라고.

31. 제 머리 위로 전동차가 달려요

　도서관 주변에 진달래 벚꽃 목련과 철쭉 영산홍이 지천이다. 이렇게 좋은 환경에서 근무한다니 눈이 호강하고 마음이 흐뭇하다.

　개관 시간보다 빠르게 도착하여 길게 줄을 서 있는 이용자들의 가방이 무겁게 보인다. 이용자들이 꽤 많은 이유 중 하나는 도서관 자리가 풍수지리학에 따르면 관운이 아주 강한 곳이라고 이용자들이 나누는 말을 설핏 들었다. 사실인지 아닌지는 모르겠지만 그만큼 환경이 좋다는 걸 증명하는 것 같다. 살짝 열람실을 살펴보면 그분들의 공부하는 열기가 뜨겁다. 늘 같은 자리를 고집하는 이용자들, 어제와 같은 좌석이라야 편한 마음으로 공부에 집중할 수 있다는 욕심 아닌 욕심으로 보인다.

각자 희망을 가방에 담아 이른 시간에 도서관을 향하는 그분들의 꿈이 모두 이루어졌으면 참 좋겠구나! 상상하면서 마음속으로 응원의 박수를 한껏 보낸다.

　봄이 여름으로 비껴 가던 날.
　"선생님! 큰일 났어요. 제 머리 위로 전동차가 자꾸 달려가요! 어떻게 해요?"
　전동차가 머리 위로 달려간다고 말하는 그녀의 얼굴에는 두려움과 당황스러워하는 모습이 역력하다. 아프다는, 그러니 저를 봐달라는 표현이라는 생각이 순간 들었다.
　"전동차가 달려가는구나, 앗! 가만있어봐! 어라? 나도 지금 막 달려가는데?"
　선생님의 머리 위에도 전동차가 달려가느냐는 질문을 보내며 안심하는 표정이다.
　옆자리에 계신 선생님이 놀라면서 어떻게 그런 답변을 아무렇지도 않게 할 수 있느냐고 시선을 보낸다. 정상적인 질문이 아니니 본인이 아프다고 말하는 것 같아서 나도 똑같다는 말을 해야 할 것 같아 그런 말이 나왔다고 했다. 모르긴 몰라도 나도 전동차가 머리 위로 달려간다는 내 답변은 한동안 그 주변을 배회할 것 같다.

그 후 여성의 어머니가 도서관을 방문했다. 참 감사하다고, 정말 고맙다고, 진심으로 감사하다는 인사를 거듭 하면서 자녀의 심적 아픔을 호소했다.

우리는 현실과 미래 사이에서 더 나은 내일을 꿈꾸며 살고 있다. 부모의 희망이 자녀에게 버거울 때도 있지만 그들 또한 불안한 미래를 향한 부단한 노력으로 힘들어하고 있음을 느낄 수 있다. 그 여성도 미래를 향한 걱정과 희망으로 씨름하던 중 이기지 못하여 병을 얻었다는 이야기를 들었다. 남의 일 같지가 않다. 내 아이도 불확실한 미래를 염려하며 수많은 대열 속에서 달음박질하며 힘겨워했으니까. 어쩌면 살아가는 우리가 모두 끊임없이 하는 고민이 아닐까? 노력하는 것만큼 결과가 주어진다면 좋으련만….

청소년들의 힘겨움이 애처롭기도 하다. 시험에서 벗어나 자유롭게 자신의 미래를 설계하고 본인의 능력 안에서 미래를 희망하며 조금은 느린 걸음으로 주변도 살펴보면서 청춘의 시간을 보냈으면 참 좋겠다는 생각이 든다.

정상적이지 않은 대화에도 그 사람의 속내를 알아채야 하는 마법의 마음 기술을 추가해야 할 것 같다. 전혀 얼토당토않은 말을 해도 알아챌 수 있고 도움을 주는 사람이 되고 싶다는 욕심 하나가 내 안에 추가된다.

그녀는 제 머리 위로 전동차가 지나간다는 저만의 환상에 얼마나 두려웠을까?

"걱정하지 마! 나도 전동차가 자꾸만 지나간단다."

이 한마디에 환한 웃음을 보였던 예쁜 그녀는 지금 어떻게 지내고 있을까? 문득 궁금해진다. 고단한 시간을 잘 건너갔으면 좋겠다.

32. 도서관 선생님, 뭐 하세요?

복합적인 체계로 운영되는 도서관은 각각 이용하는 계층별로 구분되어 있다.

취학 전 유아들이 이용할 수 있는 자료실에는 아이와 동행한 어머님들이 정보 교환을 나누며 사회활동의 첫걸음을 떼는 유아들의 낭창한 소리도 행복한 웃음꽃이 되어 이곳저곳 팡팡 피어난다.

초등학생이 이용하는 어린이 자료실에서는 아이들 특유의 소란스러움과 저희는 주의한다고 하지만 콩콩거리며 서가를 달리는 소리가 이어지고 까르르 웃는 소리가 곳곳마다 웅성웅성 피어난다.

중고등학생들이 우르르 몰려다니며 도서관 전체가 북적거리는 분위기에 종종걸음으로 다가가 "조금만 조용하면 좋겠다. 친구들아!" 애원하는 나의 요청에 "아, 네, 네, 얘들아, 선생님이 조용히 하래! 조용하자" 하면서 뒤돌아서기 무섭게 다시 북적거린다. 청소년들이 공부하겠다는 마음으로 도서관을 찾아오니 그것만으로도 좋게 보인다.

"선생님! 진짜 궁금해요, 도서관에서 뭐 하세요?"

뭐 할까? 눈에 보이는 책 대출과 반납, 연체자에게 빠른 반납을 요청하는 일상적인 일 외에도 순간순간 생각하지 않았던 많은 일들, 아이들이 제 흥에 겨워 넘어져 다치지 않도록 살펴야 하며, 안 되는 줄 알면서도 가방에 술병을 담아와 구석진 자리에서 몰래 마시는 사람을 보면 상처받지 않도록 밖으로 인도해야 하며, 무슨 이유인지 알 수 없지만, 자신의 속상한 마음에 언성을 높이며 화를 내는 사람, 보이지 않는 구석진 의자에 누워서 수면에 흠뻑 빠진 사람을 마음 다치지 않게 깨워야 하며, 먹을거리를 슬쩍슬쩍 먹는 사람들, 다양한 분들이 쏟아내는 마음의 소리를 들어주고 어루만져주기도 한다.

불편함을 초래하는 이용자들을 살펴야 하는 일, 비 오는 날 우산꽂이를 외면하고 빗물이 흐르는 우산을 좌석으로 가져가는 행동을 살펴야 하고 도서관을 처음 이용하시는 분들에게 이용 규칙과 회원증 발급을 도와야 하는 일, 순간적으로 발생하는 잡다한 일들을 일일이 어떻게 설명할까?

규정을 어긋나게 요청하는 사람들에게 죄지은 것도 아닌데 죄인이 된 듯 이해와 협조를 구해야 하는 것 등등 감정노동자도 아니건만 자주 감정노동자가 되기도 한다는 것을 설명해 준다.

데스크를 가운데 두고 책을 매개체로 더러는 자신이 걸어온 얘기를 들어주기를, 자신의 아픔을 알아주기를, 삶에 지쳐 있음을 보아주기를 알아채곤 짧은 시간이나마 함께 기억을 더듬어 과거로 달려가기도 한다. 지나간 시간이 힘들었을 터인데 왜 많은 사람들은 그때를 기억하며 행복해하는지 모르겠지만, 나 역시 먼 훗날에 오늘을 추억하면 '감사했고 행복했어!'라며 웃을 것 같다.

밤새워 침묵하다 문이 열리면 책 특유의 냄새로 나를 반기는 곳, 서가 사이를 분주하게 거닐며 책들과 눈인사를 나누며 항상 누군가 책을 통하여 치유되기를 주문처럼 빌기도 한다.

진짜 뭐 하느냐고? 이 질문을 청소년들에게 받으면 순간 당혹스럽다. 보이지 않는 많은 일들에 관하여 한마디로 뭐 하고 있다고 설명할 수 있을까마는 그 질문을 듣노라면 자신을 돌아보게 된다. 주어진 일에 얼마나 자부심과 애정을 품고 있느냐 하는 질책의 소리로 들려온다. 아는 만큼 보인다는 말처럼 어떤 질문을 받더라도 망설이지 않고 즉각적인 답변을 할 수 있는 근무자가 되어야겠다.

아! 그나저나 나는 도서관에서 잘하고 있는 걸까?

33. 애완견과 도서관 이용

    우리나라 인구 16명 중 1명은 반려견주라는 말을 들은 적이 있지만, 점점 더 늘어나는 것 같다. 아직 도서관에 당당하게 입장하는 반려견주는 없지만 문밖에서 서성거리는 사람들은 간혹 볼 수 있다.

    "저, 못 들어가죠? 이 책 반납하고 다른 책 대출하고 싶은데요"

    반납 책을 받아 들고 대출하고자 하는 도서명을 묻고는 빠른 해결사가 된다. 책을 건네주며 가만히 나를 바라보는 강아지를 만져 봐도 되냐고 묻는다. 18년 동안을 키우던 강아지를 보내고 난 뒤라 더 눈에 쏙 들어온다.

아이가 유치원 들어가기 전에 세뱃돈으로 아주 어린 치와와를 데려왔다. 모든 것을 치와와하고 함께하려고 했다. 어디든 데리고 다녔다. 유치원만 빼고는 항상 붙어 다녔고 은행이나 우체국, 슈퍼마켓에도 동행했다. 외동이라 외로웠는지 아이는 한 이부자리에서 뒹굴며 행복해했다. 그 치와와 토미를 15년 동안 함께 지내다 무지개다리를 건너보낸 후 우리는 정이란 무게를 털어내려고 얼마나 아파했는지 모른다.

그때가 중학교 3학년, 다시 코커스파니엘 강아지를 또 데려와 18년을 키우며 정을 쌓았다. 병으로 무지개다리를 건너던 날에 내가 더 아파했다. 곁을 떠나던 날, 사람처럼 제 살던 곳을 두루 살피는 걸음을 하더니 베란다로 힘겹게 나가 주저앉았다. 아이가 제 품에 안아 들고 그동안 정말 고맙고 감사하고 사랑했다며 편히 잘 가라는 마지막 인사를 들으며 앵두는 우리 곁을 떠났다. 이별을 삭이지 못한 나를 염려하여 다시 강아지를 입양하려는 것을 만류했다.

"얘, 사나워요?"
"아니요, 얘 순둥이예요."
눈을 보면 알 수 있다. 순둥인지 사나운지.
애완견과 동행하고 방문하는 사람들이 점점 늘어간다.

그분들은 하나같이 한 걸음 늦게, 살짝 더딘 발걸음을 한다.

죄지은 것도 아닌데 미안한 표정을 보인다.

그들을 보면 내가 먼저 반긴다. 조금만 마음을 내어드리면 어렵지도 않은 대출 반납이다. 돌아가는 그분들의 마음이 아주 편안함으로 즐거움으로 밝아진다.

함께 어울려 살아가는 세상이다.

강아지나 고양이는 물론 온갖 동식물이 개인별 취향으로 사람 곁에 함께 자리하는 세상이다.

결혼을 미루고 혼자 살아가는 비혼족이 늘어간다는 소식을 자주 접하고 애완견이나 애완묘를 향한 시선이 많이 변하고 있는 요즘이다. 먼 훗날이 아니라도 어쩌면 도서관에도 견주의 발걸음이 당당해지는 날이 올지 알 수 없지만 이웃에게 불편함을 주지 않는다면 조금은 당당해져도 괜찮지 않을까?

넷,

청 와 대 　신 문 고 에
　　　민 원 을

34. 그녀가 한 송이 꽃이라면

사람의 미래는 알 수 없는 것이 시간과 함께 유동적인 삶이어서일까?

그녀는 예쁘고 밝고 똑똑하고 미래지향적이라 들었다. 무언가 잘못되었다는 것을 알게 된 순간 그녀의 앞날은 복잡한 미로길이 펼쳐졌다. 불분명한 미래를 향한 도전에서 불안함이 자신도 모르게 마음을 병들게 하였지만 외부적으로 표현된 후 뒤늦은 후회는 어쩔 도리가 없다. 다만 더 이상 나빠지지 않기를 바라는 마음뿐이다.

자기 생각이 현재와 과거를 바쁘게 오가면서 자신의 존재를 표현하는데 시소 놀이하듯 순간순간 과거와 현재를 자신의 의지가 있든 없든 안타깝게도 반복적으로 오간다.

현실로 돌아오면 또 미래를 걱정하는 지극히 평범한 청춘이다.

"괜찮아. 사람들은 다 그렇게 걱정을 안고 살아가는 거야. 걱정 없는 사람은 한 사람도 없단다. 너는 지금 참 잘하고 있어! 그러니 걱정하지 말자!"

나는 가끔 아이처럼 환하게 웃는 그녀에게 칭찬 요소를 찾아내서 일부러 칭찬을 해주며 걱정하는 것은 너뿐만 아니라 대부분 사람들이 그렇게 살아갈 거라고 말해준다.

문득 선생님은 꽃을 좋아하느냐는 질문에 꽃 싫어하는 사람은 없을 거라고 말해주며 5월 붉은 장미에 아이리스가 함께하면 참 예쁘다고 말했다.

주말을 보낸 후 출근하고 보니 아주 커다란 꽃바구니가 데스크 한쪽에 놓여 있다.

"선생님! 이거 선생님 선물이에요!"

꽤 비싼 가격을 지불했을 터인데 어쩌면 좋을까? 당혹스러웠다.

그녀에게 매우 고맙다는 말과 이 꽃바구니는 여기에 두고 많은 사람들이 보면서 행복해하는 것이 훨씬 좋을 것 같다며 그녀의 생각을 물었다. 유리 같은 마음이라 상처를 받으면 어쩌나, 염려되어 조심스러웠다.

한참을 생각하더니 그러면 다른 곳은 말고 선생님 자리에 두자고 했다. 꽃바구니는 꽃이 아니라 그녀의 마음이 함께 담겨 있어 보는 내내 감사했다.

그 많던 꽃이 시들 즈음 나는 몇 송이를 집으로 가져와서 말렸다. 꽃을 볼 때마다 그녀의 삶이 평범하기를 빌었다.

길에서 거지가 자신을 자꾸 쳐다봐서 자기의 영혼이 뺏겨버릴 것 같다는 말에 절대 영혼은 뺏기지 않으니 걱정하지 말라면서 나도 너처럼 다른 사람이 수없이 쳐다보는데 영혼은 한 번도 나를 떠나지 않았다고 했다.

그 또한 아프다는 표현일 것이다.

입시를 앞두고 마음병이 들었으니 그녀 자신은 물론 그녀의 부모 마음이 얼마나 참담할까?

이제 막 꽃을 피워낼 청춘인데 피워보지도 못한 채 멈추고 말았으니 그녀를 마주칠 때면 마음이 애잔하다.

그래도 도서관을 방문하고 한쪽 자리에 앉아 책을 여러 권 쌓아두고 중간중간 펼쳐본다. 학습된 행동인지 알 수 없지만 그녀의 방문에 진심으로 응원을 보낸다.

그 아픈 터널을 무사히 빠져나와서 평범한 일상으로 돌아오기를.

계절마다 피어나는 꽃들은 사람의 시선을 잡아채며 자신을 보아달라고 향기로 외친다.

어디 곱지 않은 꽃이 있으랴? 모두가 어여쁜 것을.

한 송이 한 송이가 모두 신비롭고 귀한 것처럼 그녀도 한 송이 꽃이 되어 어디에 있든지 자신의 향기를 피워내면 좋겠다.

35. 인생이 수학 문제처럼 정확하다면

세상을 살면서 수학처럼 딱 떨어지는 것이 인생이라면 얼마나 좋을까? 하지만 살아가는 상황이 수학처럼 딱 맞아떨어지는 삶이란 그리 많다고 생각하지 않는다. 실수도 하면서 조금 부족함으로 나아지려고 노력하는 사람이라서 정겨운 것이 아닐까 하는 생각을 한다.

데스크를 사이에 두고 책 대출과 반납이 진행되는 순간순간 삶의 이야기도 주고받으며 이용자들은 자신들의 고충을 들려주며 '백지장도 맞들면 낫다'라는 속담을 확인하려 한다.

"네 그렇군요. 그래서 많이 힘들겠어요!"

"조금만 참아내면 참 좋아질 것 같은데요?"

"와! 정말 잘했구나! 정말 네가 멋지구나!"

조금의 배려가 담긴 말로 응원을 전달하면 에너지를 얻듯, 환한 모습이 되며 "그렇죠? 맞아요!"라는 확신으로 좋아한다.

비가 진종일 내리면 사람들의 마음에도 그늘이 드리워 밖의 날씨에 따라 마음마저 흐려져서 자신도 모르게 얼굴에 그늘이 드리운다.

책장만 하릴없이 넘기던 청소년이 흘깃흘깃하며 시선을 보내는데 모른 척 외면하고 다른 업무를 하고 있는데 순간 아아아아! 외침이 정적을 깨트리고 서가 안은 놀람으로 술렁거린다.

몇몇 분들이 화들짝 놀라며 일제히 시선을 내게로 보낸다. 큰일이라도 난 듯 청소년이 바닥에 누워 아기처럼 발버둥 치고 있다. 누가 나 좀 봐주세요! 하는, 소리 없는 대신 몸으로 보내는 외침인 것 같다.

'왜? 어떡하지? 119 불러야 하나?'

순간 생각이 분분했지만 1차 해결은 이곳이다.

"너, 어서 일어나! 잠시만 얘기하자."

그 청소년은 걱정과 다르게 툴툴 일어났다. 자료실을 나와서 왜 그렇게 크게 소리를 질러야 했는지 물었다.

"선생님! 너무 힘들어요! 힘들어서 그랬어요."

"소리를 지르면 힘든 것이 나아질까? 무엇이 그렇게 너를 힘들게 하니?"

"모든 게 다요!"

"그래, 그럴 수 있어! 하지만 소리를 아무 데서나 내지르는 것이 옳은 일일까? 사람들, 아기도, 어린 초등학생들도, 형이나 누나, 언니들, 아빠도 엄마도 이 세상에 사는 모든 사람은 다 힘들게 살아가고 있지 않을까? 사람들뿐만 아니라 동물들도 곤충들도 다 마찬가지 아닐까? 그런데 그 힘든 것을 참아내며 살아가는 것이 사람이 살아가는 것 같구나."

"선생님은 하나도 힘드신 것 없어 보여요!"

하나도 힘든 것 없어 보인다는 말인즉 편안해 보인다는 말인 것 같다.

오래전 직장을 다닐 무렵에도 그런 말을 어쩌다 듣곤 했다.

"어떻게 그렇게 변함없이 편한 모습일 수 있어? 걱정이라고는 눈곱만큼도 없어 보인다니까. 비결 좀 알려줘!"

"과장님! 제 가슴을 열어 보이면 시꺼멓다 못해 하얀 재만 폴폴 날릴 것 같은데요?"

자신의 마음이 어떻게 대처하느냐에 따라 불행 아니면, 행복으로 갈음되지 않을까 하는 생각이다.

수학처럼 하나 더하기 하나는 둘이며 둘 나누기 둘은 하나가 되는 것이 인생이라면 얼마나 살기가 쉬울까? 계산만 잘하면 되니까.

생각지도 못한 질문을 받으면 준비하지 못했는데도 답변이 불쑥불쑥 튀어나온다. 아마도 생활에서 경험이 쌓여 방향 없이 이쪽저쪽 콕콕 찔러 대도 가슴 속에서 수많은 답변이 정답은 여기요! 하며 튀어나오는가 보다. 내 답변에 내가 스스로 칭찬할 때도 있다.

서가에 비치된 수많은 책도 저마다 질문과 답을 담고 있을 것 같다.

몸이 아파 병원에서 진찰을 받고 약을 받아 가듯, 마음이 아파 나도 모르게 손길이 가는 책들은 저마다 처방전 하나씩 품고 있어 마음을 치유해 주는 것 같다.

힘들다고 방황하는 청소년들에게 우리가 살아가는 인생은 수학이 아니라서 정답이 없기에 실패해도 괜찮은 거라고 말해주고 싶다. 나 역시 정답을 내 답안지에 쓸 수 없어서 오늘도, 내일은 더 잘하자! 자신에게 최면을 걸면서 살아가니까.

36. 힘쓰면 다 되는 줄 알았는데

힘쓰는 일, 힘만 쓰면 다 되는 줄 알았다.

서가에 빼곡한 책들이 좁다고, 숨 막힌다고, 그러니 공간을 조금만 넓혀달라고 아우성치는 듯하다. 빼곡한 책들을 빼내는 것도 쉽지 않을 지경이다.

이 책들의 집을 어디서 어디까지 옮겨야 할지 막막하기만 하다. 신간이 도서관에 입고되면 또 간극을 좁혀야 하는데 책들은 저마다 손사래를 내지르며 제발 더 이상! 제 곁에 두지 마세요! 아우성을 언제까지 듣고 있어야 할지 걱정하던 차에 발령을 받아 도착한 선생님은 서가를 휘 둘러보더니 해야 할 일이 눈앞에 가득함을 알아챘다.

부족한 서가를 도서관 어디에선가 찾아내어 자리를 만든다. 하나의 서가를 비워내는 것이 쉽지는 않은데 잘 먹고 힘을 키워야 하겠다는 내 표현에 빵! 웃음 폭탄이 터졌다.

웃으며 일하면 힘든 일도 수월해지니 일을 향한 마음가짐이 영향을 주기는 한다. 커다란 북 트럭 하나에 담기는 책 권수와 서가 하나에 자리한 책 권수를 어림잡아 계산해 봐도 꽤 많은 시간이 필요하다는 결론이다.

담당 선생님은 우리가 퇴근하고 나면 어디서 나타나 낮 시간에 책들을 비워낸 서가를 옮겨 놓는다. 다음 날이면 옮겨진 서가에 책들을 함께 옮기는 작업을 시작했다.

'이 무거운 서가를 혼자? 매일 퇴근 후에? 어디 힘센 도령님이 숨어 있다가 나타나 도움을 주시나? 정말 힘겨운 작업인데.'

동료 선생님과 함께 우리도 우렁이각시 되어 서가를 옮겨보자고 의견일치를 보았다. "우리 주부들도 한다면 한 힘 하잖아!"라는 객기로 책을 비워낸 서가 바닥에 둘이 앉아 선생님처럼 등을 대고 밀어보았다. 터럭만큼도 움직일 기미가 없다. 분명히 서가에 등을 대고 조금씩 움직였는데, 전혀 아니다. 몇 차례인가 등을 대고 끙끙거리다가 잘못하면 허리를 삐끗할 것 같아 포기했다.

힘을 쓰는 것도 요령이 있어야 하는구나.

"선생님! 어제 우리가 서가를 옮기려고 등을 대고 용을 썼지만 끄떡도 안 하데요? 혼자 하지 마세요! 걱정됩니다."

"에이, 왜 그러세요! 하지 마세요, 괜히 탈 납니다."

한마디만 하고 웃음이다. 능력은 제각각이라지만 제발 혼자서 힘든 일 하지 말고 함께! 힘을 보탰으면 좋겠다.

백지장도 맞들면 낫다고 하는데 그토록 무거운 서가를 혼자서 다 옮기려고 하는지 출근하면 서가 하나가 옮겨 있고 또 하나 옮겨 있고, 결국 빼곡한 책들이 숨을 쉴 정도로 여유로운 자리를 만들어갔다.

그동안 빼곡한 책들은 큰 숨을 쉬면서 조금의 여유를 누리는 듯 보인다. 원룸에 살다가 투룸으로 옮긴 기분일까? 보는 눈이 다 시원하다.

편하든지 불편하든지 세상은 마음처럼 되는 일이 전부가 아님을 새삼 느끼며 우리는 주어진 업무에 최선을 다해 이용자분들이 도서관의 이미지를 좋게 갖도록 하는 것과 민원 발생은 제로가 되도록 근무하는 것이 최선이라며 서로에게 응원을 보낸다.

그렇다, 힘쓰면 다 되는 줄 알았는데, 절대 아무나 하는 일이 아니다.

37. 제2연락처는 양이예요

　도서관을 이용하려면 회원가입이 선행되어야 한다. 평일은 물론, 주말에도 회원가입 신청이 발생하는데 관외 거주자도 먼 길을 마다하지 않고 찾아오는 이유는 꼭 필요한 책이 있어서다. 정말 도서관을 찾는 사람들이 많으니, 우리나라의 미래는 푸른 신호등인 것 같다.

　예전에는 신규 가입과 함께 제2연락처가 필요했다. 이유인즉 도서관에서 본인 연락이 안 될 필요한 상황을 대비하여 요청한다. 제2연락처를 요청할 경우 간혹 가뭄에 콩 나듯이 민원이 발생하기도 한다. 철저한 독신인 경우 극구 요청 거부를 하는 경우라면 어쩔 수 없지만 대부분 제2의 연락처는 흔쾌히 알려주는 편이다.

양이 사건이 발생하던 날, 오후 늦은 시간 여성분이 조금 커다란 가방을 어깨에 걸치고 방문하며 도서관 이용은 처음이라 어떻게 해야 하는지 물었다.

도서 대출하려면 필수요건으로 회원증을 발급받아야 한다고 말씀드렸다. 신청서 작성 사항 설명에 그분은 꼼꼼하게 살펴보고 작성한 신청서를 제출했다.

어라? 제2연락처 전화번호 옆 이름을 적어야 할 공간에 '야옹'이라고 적혀 있다. 야 씨라는 성씨도 있나? 궁금한데 이름은 옹이라니, 아무리 생각해 봐도 이해가 안 되는 부분이다.

"저, 죄송한데 제2연락처 성함이 맞는가요?"

"예, 맞는데요? 야옹이! 저랑 함께 살거든요!"

그녀가 답변하는 순간 야옹! 하는 소리와 함께 가방에서 쑥 얼굴을 내미는 갈색고양이를 보면서 할 말을 잃었다.

당혹스러움을 참으며 지금 제게 무엇을 하는 것이냐고 질문했다.

"제2연락처 적으라면서요? 그래서 적었어요! 잘못됐나요?"

이런 상황은 생각하지도 못했다.

제2연락을 취할 분이 없다면 그냥 적지 말라고 했더니 오히려 성난 음성으로 왜 번복하느냐며, 야옹이를 적었으니 고칠 수 없다며 완강한 자세다.

대화를 이어갈 수 없는 상황으로 난감해하고 있는데….

"하! 나 참! 보자 보자 하고, 듣자 듣자 하니, 당신은 공공시설을 이용할 자격도 없는 사람이군요! 당장 나가세요!"

데스크 옆 열람 좌석에 앉아 공부에 몰입하시던 이용자 한 분이 조금 큰 소리로 질책을 보낸다. 뒤이어 다른 이용자도 언성을 높이면서 합세한다.

"거 그렇게 무지해서 어떻게 도서관을 이용하려는 거요? 당장 나가세요!"

"가만 들어보니 여기 선생님을 골탕 먹이려는 수작이구먼!"

이용자가 오히려 질책을 보내주시는데 사이다를 마신 듯 속이 시원하다. 왜 그랬을까? 생각하면 안타까운 일이지만 이상스러운 고집을 부리지 말아야 했다. 다른 분들의 항의에 슬그머니 나가는데 그 뒷모습이 짠하다.

정상을 벗어났다는 것은 아프다는 상황인데, 그냥 보낼 수 없어 뒤따라 나가며 다시 방문하시고 도서관을 이용하시라고 말했다.

돌아서 가는 뒷모습이 찬바람에 밀려가듯 쓸쓸하게 느껴진다. 고양이를 가방에 넣고 가던 실루엣이 오래도록 시선 끝에 머물렀다.

가족이 없다며 고양이 한 마리를 꼭 끌어안고 살아가는 모습, 이웃과 단절이 되어 고양이를 반려 삼아 생활하노라면 참 어렵기도 하겠다. 그래도 도서관이 좋아 이용하고자 어렵사리 방문했을 것 같은데, 나에게 배려심이 부족했던 것은 아닌가 하는 후회도 들었다.

　아픈 사람들을 보면 왜 그들의 모습이 남으로 보이지 않을까?

　대출 회원증을 만들지 않아도 좋으니 그냥 열람실에서 따뜻한 그림책이라도 많이 보고 다정한 글 속에 이웃과도 만나고 자신의 아픔을 토해내며 마음의 상처가 있다면, 느려도 좋으니 치유 받을 수 있기를 빌어본다.

　내게도 내 모든 푸념을 그대로 받아줄 수 있는 제2의 친구는 누가 있을까? 없나? 정말 힘든 상황이 발생하면 함께 아파해줄 친구는 있는지 확신할 수 없음에 잘못 살았나, 내 살아온 시간을 돌아본다.

　"제2연락처는 양이예요!"

　그 여성이 들려준 이 말이 나 홀로 가족이 늘어가는 이 시대를 살면서 문득문득 생각난다.

38. 카페일까요?

서가 안을 자주 순회하는 편이다. 음식을 먹는 사람이나 주변 이용자들에게 불편을 주는 속삭임, 코를 골며 수면으로 빠져드는 분들이 간혹 있기 때문이다. 민원의 소지는 미리 예방하고 이용자 모두 쾌적한 분위기 환경을 위해서다.

여름이나 겨울이나 적당한 온도 설정으로 이용자들이 불편함 없도록 두루 살피고는 있지만 겨울철이면 가장자리 쪽은 살짝 냉랭함이 있기는 하지만 오히려 공부하는 데는 적당하지 않을까 싶다. 무릎담요를 이용하면 적당할 것 같다.

그렇게 추운 날씨는 아닌데 이용자 두 명이 구석진 자리에 나란하게 앉아 있다. 책을 앞에 두고는 있다.

돌아서려는데 왜인지 다시 그곳으로 지남철에 자석이 끌리듯 시선이 간다. 어째 앉아 있는 모양새가 어정쩡하니 불편해 보인다. 이용자들과 시선이 마주치자, 어? 아닌데? 하는 느낌이다.

"저, 많이 추우신가요?"

질문을 하면서 내 눈은 무릎 아래를 살핀다. 한 사람의 무릎 위에 또 한 사람의 무릎이 얹혀진 불편한 두 사람의 밀착된 모습이다. 저렇게 앉아 있는 것도 매우 불편할 것 같은데 서로 좋아하거나 사랑하거나 그들의 감정이지만, 여기는 공공장소이며 불특정 다수의 이용자가 빈번하게 오가는 공간인데 저렇게 하고 싶을까?

"저 질문 하나 드릴게요! 여기가 카페라고 생각하시나요?"

여성이 어색한 웃음을 보이며 얼른 제자리에 앉는다. 동료 선생님은 내 질문에 소리 없이 웃음을 보내면서 어떻게 그런 질문이 나올 수 있냐고 되묻는다.

공공질서는 어떻게 이용하는가에 따라서 유익하기도, 해롭기도 한 양면의 장소가 되는 것 같다.

참 좋은 세상이다.

목적에 맞게 사용되어야 하는 장소인데 간혹 그 목적을 잃어버리거나 외면하는 사람들이 있어 불편함이 발생한다.

"여기가 카페일까요?"라는 질문에 당황해하던 그들은 그나마 양심적이다. 지켜야 하는 질서를 외면하는 사람들, 그냥 모른 척 묵인한다면 질서보다는 각자의 편리함만 따르는 부적절한 습관을 제공하게 될 것 같다.

아닌 것은, 지적하기 불편하다고 해도 지적해야 맞는 일이겠다.

자꾸만 지적해야만 하는 일이 발생하지 말았으면 좋으련만 그게 어디 사람의 마음 같을까?

39. 청와대 신문고에 당신 민원을

　도서관 주변에 있는 학교가 시험 기간이 도래하면 좌석 경쟁이 매우 치열하다. 주변에 아파트와 학교가 있어 학생들이 시험 기간이면 인기 만점 도서관이다.

　서가 가장자리 바닥에도 방석을 이용하여 독서하는 이용자들, 벽에 기대어 앉아 공부에 열중하는 청소년들도 많다.

　혹여 자리를 맡아두고 공석으로 오랜 시간 지체하는지 확인하면서 다른 이용자들에게 자리를 권하기도 한다.

　책상 위 펼쳐진 책을 살피면 대략 알 수 있다.

　"죄송하지만 이 자리 비어 있는 것 아닌가요?"

사건이 발생한 날에도 이용자께 조심스럽게 확인하여 바닥에 앉아 독서하는 중년의 남성분께 자리를 권했다. 이용자가 드문드문할 즈음에는 혼자서 널찍하게 앉아 있어도 괜찮지만, 만석인 경우에는 조금 비좁더라도 함께 이용하는 것이 맞다.

"선생님! 혹시 어제 다툼이 있었나요?"

출근하자 동료 선생님이 조심스럽게 말을 건넨다.

민원 발생 제로!

내 신조다. 민원이 발생하더라도 가능한 현장에서 모두 해결하고 사무실에 민원이 보고되는 일은 없도록 하는 편이다. 불편한 마음을 잘 이해하고 양해를 구하면서 들어주면 거의 해결되는 편이다.

'민원 발생할 일은 전혀 없었는데.'

그때 개관 시간도 아닌데 이용자가 주먹으로 출입문을 부숴버릴 듯 쾅쾅 두드린다.

"아직 개관 시간 아닌데 조금만 기다려 주시겠습니까?"

"됐고! 문 열라고! 빨리 문 열라고! 안 열어?"

그는 언성을 높여가며 출입문이 깨져 버릴 정도로 위험하게 두드리다 못해 부숴버리겠다는 자세로 힘껏 두드리고 있다. 문을 열며 개관 시간이

문에 공지되어 있음을 설명해 드리려 하였으나 번개처럼 안으로 입실하여 자리를 차지하고 내게로 빠르게 다가서더니 매우 큰 소리로 나를 몰아세우는 것이다.

"당신 때문에 내가 어젯밤에 한잠도 잘 수 없었어. 몸무게도 빠졌으니 어떻게 책임지겠어?"

와우! 이런 민원 질문 공격은 처음이라 순간 당혹스러웠다.

"선생님! 저의 어떤 태도가 선생님의 마음을 불편하게 해서 밤잠도 설치셨는지 말씀해 주시면 고치겠습니다."

"됐고! 여기 관장 어디 있어? 내가 당신을 그만두게 할 것이고, 관장이 해결 안 해주면 시청을 찾아가 당신을 그만두게 할 것이야. 시에서 해결을 안 해주면 도지사를 찾아가 당신 그만두게 할 것이고, 도지사가 해결 안 해주면, 청와대 찾아가 민원 신청할 것이니 그렇게 알아!"

그 이용자는 어제 두 좌석을 혼자 차지했던 이용자였고, 내가 다른 분께 좌석 양보를 요청했던 분이다. 말끝마다 당신! 당신! 또 당신! 어지간히 마음이 상하셨나 보다. 얼마나 분했으면 이른 시간에 달려와 언성을 높여가며 청와대 신문고에 민원을 요청한다니, 생각지도 못한 일이다.

"저, 어제 제 어떤 말이 그렇게 기분을 상하게 해드렸는지 말씀해 주시겠습니까?"

"됐고! 당신 필요 없어! 관장 어디 있냐니까 내 말 못 알아들어?"

어찌 되었든 이렇게 기막힌 민원 발생이니 팀장님께 보고하는 게 맞다. 내 언행으로 도서관에 누가 되는 민원이 발생하였으니 죄송하다고 말씀을 드렸다.

평상시 내 근무태도를 잘 아시는 터라 팀장님은 걱정하지 말라며 상처받지 말라고 오히려 위로를 해주셨다. 송구하면서도 감사했던 이유는 이용자 편이 아닌 내 편이 돼 주셨다는 사실이다.

그 이용자는 결국 관장님을 만나 억지 주장으로 내 근무태도가 형편없으니 당장 처리하라고 언성을 높였다. 물론 처리하라는 것은 해고하라는 것이다.

순간, 묻지 마 폭행을 당하는 것 아닐까 걱정이 밀려든다. 서로 마주치지 않으려 살피며 근무했다. 그렇게 일주일이 지나자 그 이용자는 모습을 감추었다.

아무리 속상하다고 그렇게 막무가내로 화풀이를 쏟아냈던 마음이 진정되니 어떻게 내 얼굴을 대할 수 있겠는가 싶었다. 그때 나에게 쏟아진 언어폭력은 마음에 상처를 남기고 자꾸만 그 시간을 기억하게 한다.

도서관 근무자는 어디까지 자신을 비우고 근무를 해야 하는 것일까? 때때로 이용자의 힘들다는 하소연을 들어줘야 하고, 자신의 불편함을 쏟아내는가 하면, 갑작스럽게 언어폭력 화살을 쏘아대니 피하지 못하고 고스란히 맞아야 한다.

하마터면 내 이름이 도청 게시판, 아니면 청와대까지 올려질 뻔한 사건, 생각하면 그 이용자가 얼마나 힘겨우면 그랬을까? 하는 측은지심도 들기는 했다. 혼자 힘겨우면 함께, 같이하면 무거운 마음 조금은 가벼울 텐데….

사람과의 소통 관계를 더 깊게 배워가는 중이다. 해결은 못 해도 아픈 마음을 함께 다독이며 응원을 드릴 수는 있는데. 청와대 신문고를 운운하시던 그분의 삶이 지금쯤은 편해졌을까? 그날보다 조금은 편해지셨으면 좋겠다.

40. 감정근로자 도서관 선생님

서비스를 제공하는 자와 받는 자는 갑과 을의 관계가 형성되는 걸까? 모든 사람이 그렇지는 않지만, 시민의 세금으로 운영되는 도서관 근무자의 월급은 시민이 주는 것. 그러니 자신이 월급을 주는 것이라는 논리를 주장하시는 분이 간혹 계시는데, 주장하는 이유는 서비스를 제대로 하라는 요청이다. 나름 열심히 하고 있는데.

도서관 시스템이 참으로 편리하고 혜택도 많다. 자주 이용하는 혜택 중 하나는 대출 나간 책을 예약하는 제도인데 반납과 동시에 신청한 분한테 기간을 정하여 알림 문자가 자동으로 전송된다.

인기도서는 거의 반납이 늦어지고 관리를 제대로 하느냐는 항의 전화를 자주 받게 되는 편이다. 대출하려는 이용자와 미반납자의 중간에서 서로의 감정이 상하지 않도록 조율하는 통화를 하는 것은 보이지 않는 감정의 줄사다리를 타는 것 같다.

사건이 있던 날, 출근과 동시에 전화를 받았는데 매우 화가 난 음성으로 예약 문자가 너무 늦었다며 확인을 요청했다. 예약 도서가 많은 탓으로 도서명을 물었더니, 일도 어지간하게 못하고 그렇게 일하기 싫으면 당장 그만두라고 소리를 높인다. 수신된 전화번호를 검색하여 책 정보를 확인한 후 제대로 처리되었으니 기간 내 대출하시면 된다고 설명하는 순간에도 무엇이 그리 화가 났는지 계속 언성을 높이신다. 무엇 때문에 역정을 내는지 알 도리가 없는 상황에 무작정 참는 것도 답이 아닌 것 같다.

"선생님! 그렇게 마구잡이로 화를 내시면 제가 어떻게 답변을 드리겠습니까? 일하기 싫으면 그만두는 것이 맞는 말씀이지만 제가 일하기 싫어하는 것을 보시기라도 했나요? 저요, 전화 상담을 못 하겠습니다. 이만 끊겠습니다."

전화기 너머로 다른 여성이 투덕거리는 소리가 들리는가 싶더니 여성분이 전화를 받아 정말 죄송하다며 마음을 푸시라고 연거푸 미안함을 전한다.

그 이용자는 내가 자리에 없는 사이에 도서를 대출했고 자가 반납으로 그분과 대면하는 일은 없었다.

  미반납된 도서는 절대 없다고 확신하는 이용자와의 관계를 조심스럽게 다시 한번 더 찾아보시면 감사하겠다는 간청도 한다. 대부분 책은 타 도서관으로 반납되어 돌아온다. 인기도서였던 <신과 함께> 사연은 잊지 못할 사연 중 하나였다.

  나에게 화를 내시며 나를 꼭 집어 언성을 높인다.

  "선생님! 그때 내가 반납했잖아요? 그렇게 기억이 없어서 어떡해요?"

  반납했으니 알아서 하라고 역정을 내면서 기억도 하지 못하는 칠칠치 못한 사람으로 몰아세운다. 화를 낼 수도 없고, 꾹꾹 참아가며 한 번만 더 찾아봐 달라며 간청 아닌 간청을 드리면서 혹시 정말 받았나? 하는 의구심도 들었지만 나는 내 기억을 믿고 그 믿음은 틀림이 없는 편이다. 담당자한테 상황을 설명하면서 내 기억의 확신을 전달했고 담당 선생님은 상처받지 말라면서 책을 다시 구입했다. 구입하면 결국 내 잘못이라고 인정하는 것인데 불편했다.

  며칠 후 쑥스러워하시며 그 이용자가 내게 음료수 한 병과 책을 내밀었다.

  "미안해서 어쩐대요. 아, 글쎄 그 책이 다른 책 속에 안겨 있더라고요."

큰 책 속에 덮여 있었다는 설명이다. 자기 잘못을 인정하고 일부러 나를 찾아와 주니 참 다행이고 감사하다.

"선생님! 그 책, 이용자가 반납했어요. 책 속에 안겨 있었대요"

그렇게 자기 잘못을 인정하면 정말 신이 나고 뿌듯하고 신뢰가 한뼘 더 쌓여진다.

가끔 그렇게 갑이 되어 감정을 무관하게 풀어내는 분들의 언행을 고스란하게 받아내야 하는 순간순간, 감정근로자가 되어 힘겨워하면서도 한 잔의 차를 홀짝이며 한숨 한번 내쉬곤 상처를 풀어내기도 한다.

생각할 일이다. 우리 모든 관계에서 너는 내가 되기도 하고 나 또한 네가 될 수 있다는 사실을 잊지 말았으면 좋겠다.

41. 한 뜸 쉬고 말씀해 주세요

출근하고 근무 교대를 하자 이용자 한 분이 하얗게 질린 얼굴로 데스크를 뛰어넘을 기세로 달려온다. 몇 발짝 되지는 않지만, 대면하는 순간 자신의 신분증을 휙 던지면서 도대체 일을 제대로 하는 거냐고 목소리를 높인다.

이유를 알 수 없지만 무엇인가 소통이 잘못되었음을 짐작했다. 이용자는 도서관의 기본 중의 기본인 정숙과는 무관하게 큰소리다.

"죄송하지만, 한 뜸 쉬고 말씀해 주세요! 저와 초면이잖아요?"

"도대체 몇 번을 오락가락하게 하는 거요? 여기가 은행이요? 책 한번 보고 전산자료실 한번 이용하려는데 뭐가 이렇게 까다롭소?"

"예, 빨리 해결해 드릴게요!"

신분증을 획 던지면서 여기가 은행이요? 전산실 이용하기가 이렇게 까다롭소? 하는 불만을 들어보니 아마도 신규 회원가입이 원활하게 진행이 안 되었던 것으로 추측된다.

어쩌다 간혹 전산 오류로 발생하는 문제 중 하나이다.

이용자의 마음이 진정될 수 있도록 설명을 해드리며 사람이 하는 일이 아니라 어쩌다 발생하는 전산 오류 시간에 선생님 마음이 매우 불편하시겠다며 시간이 돈인데 그 시간을 지체하게 되어 정말 죄송하다고, 죄인 아닌 죄인의 낮은 자세가 되어야 하는 순간이다.

사람과의 관계가 그런 것 같다.

잘잘못을 서로 다투려 하면 확장되는 감정의 발산으로 문제 해결보다는 확산하는 불꽃이 되어 일이 커져 버리는 결과를 초래하는 것을 심심치 않게 보곤 한다.

당신과 나, 선을 딱 긋고 선을 넘나드는 행동은 절대 용서할 수 없는 이기심이 얼마나 만연하게 일어나는지 모를 일이다. 많은 사람들이 당신은 나의 요청을 무조건 들어주어야 한다는 고정관념에서 벗어나면 좋겠는데 쉽지는 않겠다.

나는 나일 뿐이고, 당신은 당신일 뿐, 지금 나는 불편하고 당신은 불편을 신속하게 해결해야 한다는 요청이다. 그러니 핑계 대지 말고 신속하게 처리하라는 명령이다.

감정근로자가 겪어야 하는 마음의 상처는 입장을 바꿔 본다면 우리가 모두 겪을 수 있는 일이라고 생각한다.

도서관 선생님들은 어떻게 보면 순간순간 감정근로자로 근무하는 것 같다.

아니라 우기면 "예, 그렇습니다."

"네가 잘못한 거야! 알겠어?" 하면 "예, 죄송합니다!"

"당신들 월급은 누가 주는지 알아? 내가 내는 세금이라고!"

언성을 높이면 입이 있어도 아무 말 못 하고 그저 묵묵부답일 수밖에.

우리 모두 한 뜸만 쉬고 감정을 추스르고 발생한 문제를 바라본다면 그렇게 큰일이 아닌 것을, 바쁘게 살아가는 사람들 빠르게 발전하는 문명의 흐름 속에서 나 혼자만이라도 한 발짝 더딘 걸음을 하겠다는 마음이다.

결국 책상 위로 뛰어넘을 듯했던 이용자는 화가 풀어지고 자기가 마음이 바쁜 나머지 실례를 했다며 미안함을 전했다.

민원 발생은 나 혼자만의 문제가 아니고 어떤 칭찬도 나 혼자만의 것이 아닌, 도서관 전체의 문제이다. 나는 도서관이 운영되는 커다란 굴레

가운데 한 부분이라고 생각하니까.

한 박자 쉬고, 한 뜸 거르고! 오늘도 그렇게 느린 시간을 돌리는 중이다.

42. 언어에 독을 묻히다

간혹 이용자들은 감정의 언어를 폭풍우처럼 날린다. 무방비 상태로 감정의 언어 테러를 받다 보면 이유를 알 수 없으니 그저 말 못 하는 벙어리가 되어 독이 묻혀 있는 화살을 그대로 맞아야 한다. 가슴에서 치밀어 번져 나가는 상처를 어쩌지 못해 혼자 가슴을 토닥이며 화를 삭여야 하는 순간이다.

"당신들 월급은 누가 주는 줄 알아? 우리가 내는 세금에서 월급이 나가는 거 알기나 하느냐고? 제대로 일을 하지 못하면 그만두든가 해야지."

세금으로 운영되는 것 아니냐는 말을 간혹 듣는다.

세금은 대한민국 국민이면 모두가 낸다는 사실을 모르시나?

괜한 꼬투리를 찾는다. 찐 고구마 몇 개를 먹은 듯 가슴이 짓눌린다. 인내심이라면 선생님들 모두 도사님이 되어 있다. 이미 무언가 성냄을 품고 도서관을 방문하고 마음에 들지 않는 부분을 찾아내기 바쁘게 언어에 독을 잔뜩 묻힌 화살을 날린다.

말이란 것이 참 무섭기는 하다. 잘한다, 감사하다, 고맙다, 이런 다정스러운 말을 나누면 얼마나 좋을까만, 바쁘고 정신없이 몰아치며 살다 보니 정겨움이 어디로인지 사라져 버린 것 같은 세상인 것 같다.

출근하는 길에 매일 듣는 인사말이 있다.

"사랑합니다!"

낭창낭창한 맑은 목소리, "사랑합니다!" 초등학교 교문을 들어서는 학생들의 인사말이다. 내 입가에 자동으로 미소가 번진다. 속으로 인사를 보낸다.

'나도 사랑해! 너희들의 하루가 참 행복하고 즐겁고 존득하고 신났으면 좋겠구나!'

내게 하는 인사는 아니지만 내 귓가에 쏙쏙 들어와 마음을 어루만지며 하루의 시작을 즐겁게 해준다. 학교에 감사 편지를 보낼까 하다가 그만두었다.

그 어린 학생들이 사랑에 관하여 진지하게 생각했을 것 같지 않고 습관적으로 하는 인사라도 참 좋다. 이슬처럼 천천히 사랑의 마음이 그들의 성장에 함께 자리할 것 같아 들을 때마다 행복하다.

나도 도서관을 방문하고 돌아가는 이용자분들의 뒷모습을 보면서 자주 마음의 인사를 드린다. '오늘도 행복하시고 평안하세요!'라고.

자주 방문하는 이용자께서 한 말씀 건넨다.

"선생님! 한결같으십니다. 성내시는 모습을 볼 수 없어요!"

성인군자도 아닌데 화가 치미는 일이 없을까?

도서관에 출근하면 오늘도 근무할 수 있어 참 감사하다는 마음으로 내게 오는 이용자가 불편함 없기를 바라는 마음을 우선으로 자리매김한다.

화를 내고 찌뿌둥한 얼굴을 하고 있으면 나 자신과 주변 사람은 물론 이용자의 마음이 얼마나 불편하겠는가? 인내심을 계속 키우고 있는 중이다.

불편하다고 막말을 하거나 사소한 욕설이나 언어에 독을 묻히지 말았으면 좋겠다.

우리도 퇴근하면 가족에게 더없이 귀한 엄마이며 부인이며 자녀가 된다는 사실을 생각해 주셨으면 좋겠다. 독을 강하게 묻힌 언어의 폭력을 받으면 많이 아프다는 것을 아셨으면 좋겠다.

우리가 내는 세금으로 당신들 월급을 준다며 갑의 자리에 있고자 하시는 분들이여! 그저 벙어리 되어 아무 말 못 하고 가슴만 쥐고 아파하는 선생님이 어쩌면 이용자님 가족의 한 사람이 될 수 있다고 생각해 주신다면 감사하겠습니다! 언어에 독을 묻히는 일이 없어지면 좋겠다.

43. 마감 10분 전

늘 운영 마감 시간을 미리 공지하는 이유는 이용자의 편리를 위한 것이다. 대부분 이용자는 마감 시간을 염두에 두고 책을 읽다가 적당하게 퇴실하지만 공부에 열중하느라 귀막이를 사용하고 있는 학생들은 마감 시간이 되는 줄도 모른다.

미래를 향한 열정으로 시간과 전쟁을 치르듯 공부하는 모습을 보면 힘내라! 힘! 속으로 응원을 보내준다.

마감 10분 전을 알리고 서가를 순회하는데 한 무더기 책을 책상 위에 두고 계신 이용자가 여유롭게 책을 살피며 권수를 헤아린다. 가능한 조용하고 낮은 목소리로 마감을 알린다.

"아! 네. 지금 가려고요. 그런데 한 사람 다섯 권 대출 맞죠?"

"네! 맞습니다. 서두르지 마시고 천천히 오세요!"

시계는 마감을 지나쳐 흐르는데 아직 회원은 아니지만, 관내 시민이라며 대출은 할 수 있느냐는 질문에 회원가입이 선행되어야 한다는 설명에 그제야 회원가입을 시작한다.

마음속으로는 미리 가입하셨더라면 얼마나 좋을까? 하는 아쉬움을 감추고 천천히 하시라는 말과 함께 기다림의 시간을 보낸다.

시계 소리는 왜 그렇게 크고 빠르게 똑딱거리는지, 10분을 지나 20분을 넘어간다.

"아! 잘 안 되네. 다음에 올까요?"

다음을 질문하는 의도는 기다려 달라는 속마음이라는 것임을 알고 있다.

"괜찮습니다! 일단 오셨고 어렵게 책도 선택하셨는데 전산이 조금 느려지나 봅니다. 찬찬히 하세요!"

가족 구성원 모두 가입한 후 책을 수레에 담아가는 모습은 승리자의 모습이다. 마감 시간 30분을 넘어갔지만 늦어지면 어떠랴? 도서관 가족이 되어 지속적으로 이용할 회원님인데.

해결하고 돌아가는 모습을 보며 가라앉았던 마음이 "그래. 잘 기다려

줬지, 뭐. 잘한 거야!" 하며 나 자신한테 스스로 칭찬을 양껏 인심 좋게 보낸다.

매우 미안했던 모양이다. 반납하는 날 운영시간을 알지 못해서 미안했다며 늦은 시간인데 화낼 만도 하건만 묵묵하게 좋은 표정으로 기다려 줘서 정말 감사했다며 거듭 인사를 보낸다.

첫인상이다.

어떤 사람이든지 어떤 시간이든지 처음은 정말 중요하다.

나 역시 첫 근무를 하던 날 얼마나 조심했던가. 첫 대면이 나한테만 끝나는 것이 아니라 전체적으로 영향을 줄 수 있다는 것을 염두에 두고 있어야 할 일이다.

그 가족에게 도서관의 인상은 아주 감사하고 기분 좋은 곳이라는 마음이 들도록 했다. 아이들과 올 때도 인사하는 것을 빼먹지 않고 친숙한 관계를 유지하고 있다. 도서관의 업무는 데스크를 사이에 두고 유동적인 관계를 이어 나간다.

나 한 사람의 표정은 불특정 다수의 이용자에게 내가 아닌 도서관 전체의 인상을 남기게 한다.

감정 다스림은 훈련받지 않더라도 지속적으로 대면 관계를 이어가다 보면 자신도 모르게 단련된다. 웃음과 성냄의 중간을 적절하게 내어 보이며 감출 수 있는 감정능력자가 되어가는 중이다.

첫 만남!

첫 시간!

처음처럼!

처음을 잊지 말고 살다 보면 조금은 더 정겨운 내 인생이 될 것 같다.

주부로, 엄마로 보낸 시간에서 벗어나 새로운 제2의 인생 시작, 도서관 업무. 풋풋한 설렘과 두근거림은 활력소가 된다.

내 삶의 마감 시간이 도래할 무렵 나를 돌아볼 때 '참 잘 살았어! 정말 수고했어!'라는 말을 나 자신에게 당당하게 할 수 있기를.

44. 퇴근길 조심하세요

주말이면 청소년의 방문이 평일보다 많아진다. 집에 있는 것보다는 삼삼오오 도서관으로 오면 환경도 쾌적하고 또 부모님도 착하다, 장하다, 응원을 보내니 놀면서 시간을 보낸들 누가 뭐라 할까.

공부에 열중인 학생이 있는가 하면 도서관 계단을 분주하게 오르내리며 놀이터 공간을 즐기는 것처럼 보이는 학생들도 있다. 조금은 소란스럽기도 한 주말이지만 그래도 도서관에 왔으니 책 한 페이지 정도라도 볼 수 있지 않을까 하는 생각에 약간의 소음은 그냥 넘어가려고 한다.

뒷문 쪽으로 아이들 소란스러움이 점점 커지는 것이, 도서관임을 점점 망각하고 있는 것 같다. 남학생 여학생이 함께 어울려 주변을 아랑곳하지 않고 아예 놀이터 수준이다. 바람이 불어오자, 담배 냄새가 확 밀려든다.

"학생들! 잠시만 이리 와 봐요!"

주춤거리며 내게로 오는데 여지없이 담배 냄새가 지독하다.

"너희들 담배 피웠네?"

"아닌데요? 선생님 코가 이상한가봐!"

대답과 키득거리며 웃는 모습은 '뭐, 말씀하셔도 우리는 하고 싶은 것 다 할 거예요'라는 자신의 속뜻처럼 보인다.

"내가 질문을 잘못했구나? 술 냄새가 나는 것까지 말해야 했는데? 그렇게 생각하는 거지?"라며 약간 화난 모습으로 학생들을 데스크가 있는 곳으로 불렀다.

"얘들아, 항아리에 김치나 된장을 넣고 뚜껑을 꼭 닫으면 냄새가 날까? 나지 않을까? 아무리 꼭 동여매도 속에 든 것은 냄새가 나는 법이란다. 그런 것처럼 너희는 이미 담배 냄새가 나고 술이 너희 입속으로 들어갔으니 술 냄새가 나는 거야. 너희끼리 입을 하하 불어 봐!"

학생들은 서로 입을 마주하고 하하 불어 보면서 무슨 놀이를 하듯 키득거린다.

"확인되었지? 여기가 놀이터일까? 어디일까? 누가 먼저 대답할래?"

그제야 학생들이 조용해지고 잘못된 행동을 인정하는 모습을 보인다.

안쓰럽기도 하고 염려도 되는 청소년의 모습이다. 사랑과 배려를 받으며 성장해도 부족한 시기인데 모르긴 해도 바쁨으로 내몰린 학생들임이 확실하다.

너희들은 모두 커가고 있는 나무라고 말하며 그 나무의 주인은 너희들 자신인데 멋진 나무로 컸으면 좋겠다는, 듣지도 않을 말을 했다. 듣지는 않더라도 자신도 모르게 좋은 기억으로 남겨지면 좋겠다는 바람에서다.

오래전 집에서 목화꽃을 키워낸 일이 있다. 자랄 수 있을까, 하는 염려와 함께 화분에 심어진 작은 씨앗은 아주 늦게 싹을 보여주었다.

좋은 토양이 아님을 아는지 훌쩍하니 마른 가지만 앙상하게 위로 올린다. 가을이 가고 겨울이 코앞인데 살아 있는지 죽은 건지 앙상한 가지만 보여준다. 뽑아 버릴까 하다가 기다려주자! 하는 마음으로 "힘겹게 살고 있구나! 참 장해!"라는 인사말을 하루도 빼먹지 않고 보냈다. 초겨울 찬바람이 몰아치던 어느 날, 드디어 가지 끝에 봉싯하니 꽃봉오리가 보였다.

세상에! 살아내려고 얼마나 힘겨웠을까?

우윳빛 꽃잎을 보여주고 며칠이 지난 후 하얀 솜이 그 자리를 채웠다. 살고자 하는 마음이 강하면 살아나게 되어 있구나, 하는 확신이 들었던 시간이었다.

그 학생들을 보니 겨울에 꽃을 피워낸 목화가 생각났다.

"담배나 술, 피우고 마실 수 있지만 나중에 하면 어떨까?"

학생들은 머리를 숙이고 건성으로 아, 예! 예! 한다.

냄새가 없어지면 도서관에 들어와서 재밌는 책도 보고 가라는 말에 뜬금없이 선생님은 집이 어디며, 퇴근은 언제 하느냐고 묻는다.

"선생님! 퇴근길 조심하세요!"

헉! 경고인가? 엄포인가? 10대가 무섭다더니 그 말에 답변해야 할 것 같다.

"그래, 고맙구나! 걱정해 주는 마음 감사해."

한창 푸릇해야 할 청소년인데 그들의 마음에 밝은 희망이 있으면 좋겠는데 그들의 마음에 밝음이 있기를 진심으로 바라는 마음이다. 퇴근길 조심하라는 인사가 경고든 위협이든 아랑곳하지는 않는다. 잠시 저들끼리 힘센 어른 흉내를 내보이는 어린 학생이라는 것은 알고 있으니까.

45. 코로나19도 항복한 책들의 여행

　건강과 환경에 관한 새로운 대처방안에 대한 의견으로 지구 전체가 분분하다. 도서관 회의가 자주 이어지고 비대면 대출 하는 방법으로 책가방 대출이 시작되었다.

　인터넷으로 대출을 신청하면 그 책을 비닐봉지에 담아 현관에서 확인 후 대출한다. '이 없으면 잇몸'이라는 말을 실감하는 시간이다.

　출근하면 인터넷 대출 신청 목록을 확인하고 책을 찾아와 일일이 소독을 한 후 봉투에 담아 현관 출입구로 옮긴다.

　이렇게 책을 볼 수 있어 다행이라며 이용자들은 선생님의 수고로움에 한결같은 감사의 인사를 건넨다. 인터넷에 취약한 어르신은 간혹 도서관으로 방문한다. 현관에서 필요한 도서명을 확인한 후 자료실에서 대출을 진행하고 현관에서 책을 내어 드린다.

책들의 여행이 멈추면 어쩌나 은근히 걱정스러웠는데 활발하게 여행이 지속되고 점차 인터넷 대출 신청자가 많아지니 좋기는 하다. 넘어지면 쉬어간다는 속담처럼 도서관 이용이 비대면으로 전환되자 서가의 모든 책들은 하루도 거르지 않고 소독 대열에 들어갔다.

그 많은 책을 어떻게 소독할까? 염려와 다르게 지속적으로 진행하다 보니 끝이 보인다. 코로나로 서가 안의 책들은 소독 샤워 중이다.

코로나로 인하여 염려했던 책들의 여행은 운영 방식만 조금 다를 뿐, 변함없이 독자와의 만남을 이어가고 있다. 하고자 마음먹으면 하지 못할 일이 없겠다는 표현은 맞는 말인 것 같다.

눈에 보이지 않지만 시시각각 확산하는 코로나 전염으로 여기저기 힘겨운 사투가 벌어졌다. 길게 가지는 않으리라는 생각은 틀렸다. 지구가 기후 변화로 무너진 생태계 결과인지 여기저기 한숨이 이어진다. 한 병원 건물에 있었지만, 임종을 볼 수 없는 안타까운 사례도 발생한다.

도서관 관장님을 비롯하여 모든 선생님은 진종일 마스크 사용으로 불편하면서도 눈은 웃음으로 응원을 주고받는다.

대출된 책이 무인 반납함으로 들어오면 다시 빠짐없이 소독을 진행한다.

책들의 여행은 코로나도 막지 못하고 행진한다.

머지않아 코로나19라는 세계적인 질병 확산은 옛일이 될 거라는 희망을 갖는다. 한 해가 지나가고 있는데 코로나의 전염은 멈출 기미조차 없어 걱정스럽지만, 희망은 절망을 이긴다는 사실을 잊지 말아야 하겠다. 때가 되면 코로나19도 우리 주변에서 완연하게 사라지게 될 것이라고 믿고 싶다. 도서관도 언제 그랬냐는 듯 조금 소란스럽더라도 문을 활짝 열고 이용자의 방문을 환영할 것이다.

46. 도서관 문이 낮아지다
– 어린이 잡지 발표글

　결혼과 육아 문제로 직장을 퇴직한 지가 오래전이다. 다시 일을 시작하려고 하니 내 나이는 오십 중반, 사회에 다시 발을 내딛기란 결코 쉬운 일이 아니다. 18년이란 경력 단절을 벗어나 도서관에서 근무하게 된 지가 벌써 15년째로 접어든다.

　내가 처음 국립도서관을 이용할 즈음은 반세기 전쯤, 중학교 진학 신학기가 시작되고 얼마 지나지 않아 남산 국립도서관이었다. 그곳 분위기는 조용하다 못해 엄숙해서 내 발걸음 소리가 주변 사람에게 방해될까 조심스러워 발뒤꿈치를 들고 사뿐하게 걸어야 했다. 공부하다 잠시 밖으로 나와 주변을 거닐면 산 아래 서울역이 한눈에 보인다. 기차가 달리는 모습을 보면서 나도 이다음에 여행을 많이 할 것이라고 다짐하면서 우리 나라 지도를 펼쳐보곤 했다.

도서관을 오르는 길옆에 무리 지어 피어있는 진달래, 철쭉, 개나리가 흐드러지게 핀 모습에 자꾸만 <봄의 교향악> 노랫말이 입안을 맴돌곤 했다. 남산 국립도서관과 4.19도서관을 이용했던 것은 무료입장이라는 이유에서다. 지금처럼 지역적으로 도서관이 없었으니 오가는 시간이 오래 걸렸다.

도서관에 가득한 책들을 보면 직원들은 원도 없이 책을 읽을 수 있어 얼마나 좋을까 부러워하기도 했다.

그렇게 부러워하던 도서관에 근무하게 되었지만, 책을 원도 없이 볼 수 있겠다는 생각이 틀렸음을 알았다.

오전 9시 개관 시간보다 일찍 줄 서서 기다리는 이용자들은 가슴에 저마다의 열정을 담고 있음을 느낄 수 있다.

'오늘도 힘내세요!'

문을 열고 들어서는 이용자들을 향해 마음속으로 응원을 건넨다.

지속적으로 이용자들을 응대하다 보니 그들이 무엇을 요구하는지 지레짐작으로 알아챌 수 있다. 도서명 대신 내용을 말해도 가늠하여 도서를 찾아주면 활짝 웃음을 보인다. 그 웃음이 도화선이 되어 내 마음도 순간 밝아온다.

우리 도서관 주변은 단독주택보다는 대단지 아파트가 들어서고 초, 중, 고등학교에 대학교까지 입지해 있으니, 도서관을 이용하는 주민이 정말 많은 편이다.

아파트가 입주할 무렵에는 한 시간에 40명 정도 신규 회원이 가입하고자 줄을 이어 대기하였던 적도 있다. 바쁨이 좋다. 왠지 활력이 불끈거리고 도서관이 살아 있다는 느낌도 들었다.

유아 자료실부터 어린이 자료실, 성인 자료실까지 층별로 구분되어 있어 이용자가 쉽게 접근할 수 있는 체계를 갖추었다.

'임산부를 위한 내 생애 첫 도서'라는 프로그램도 있어 마음만 먹으면 도서 정보를 손가락 클릭 한 번으로 집에서 쉽게 맞춤 도서를 받아 볼 수 있으니 얼마나 편리한 일인가. 또한 지역 주민들께 어린이 독서교육 관련 자격 취득 프로그램을 실행하여 교육 후 자격증 취득과 더불어 재능 기부를 통하여 전업주부에서 사회생활로 재도전할 기회를 제공하니 예전에는 상상이나 했을까?

어린이들은 저마다 꽃봉오리를 품고 있음이다. 가지를 안에서 움쑥이며 어디로 뻗어 나갈지 알 수 없는 귀하고 향기로운 미래의 꽃들이다. 부모님 손을 잡고 유아기 때부터 도서관을 제집 드나들듯 하면서 친숙한 관계를 형성한다. 알 수 없는 옹알이로 반갑다며 빤히 바라보는 얼굴은 보는 이의 마음을 행복하게 한다. 보호자들과 독서에 관한 질문을 받을 때 내 육아 경험을 바탕으로 조금이라도 도움이 될 수 있도록 의견을 소통한다.

어린이 자료실에 비치된 <도서관이 키운 아이> 내용을 보면 주거지에 입지한 도서관과 담당 선생님의 영향이 개인의 미래를 결정할 수 있는 영향력이 매우 크다는 사실에 도서관을 찾는 아이들을 향한 관심도가 점점 깊어간다. 이용자의 나이를 불문하고 먼저 다가가는 자세로 필요한 것을 함께 찾아보는 협력자가 되어 보니 의도하지 않아도 친근한 도서관으로서 어느 때는 이웃 사랑방 또는 품앗이 교육 현장 같은 모습을 보이기도 한다.

보호자와 함께 방문하는 도서관 평안한 분위기에서 유아들과 눈높이를 맞추고자 쪼그리고 앉아 유아가 하는 말에 귀 기울이다 보면 어느새나 자신도 유아가 되어 그들의 소리에 호응한다. 글밥이 없는 책을 펼쳐 들고 아기들에게 상상의 세계를 열어준다. 또한 도서관에서 실행하는 프로그램 가운데 유아, 어린이들을 위한 프로그램도 연중 계획으로 실행하여 외동아이들은 도서관에서 또래 친구들과 함께 공공장소의 질서나 사회성을 자연스럽게 익히기도 한다.

유아에서 아동기, 학동기로 들어서면 학교와 연계하여 필독서를 독립된 서가에 비치하여 손쉽게 정보를 찾을 수 있으니, 현실의 도서관은 독립됨이 아니라 학교와 가정, 그리고 도서관이 서로 연계되어 아이의 성장에 필요한 정보를 제공받을 수 있는 공간이다.

22만여 권의 비치된 총 도서 중에서 어린이 자료실에 할당된 도서의 비중도 27% 정도다. 어린이의 특성을 고려하여 가족 공부방과 가족 영화방이 마련되어 있다. 주말이면 가족이 함께 영화감상을 하며 문화생활을 즐기는 모습도 참 좋은 풍경이다. 자료실 내 아이들 스스로 DVD를 선정하여 영화를 시청할 수 있도록 정보나라 공간을 마련하여 안전하게 어린이 문화를 즐길 수 있도록 모든 어린이에게 기회도 제공하고 있다.

처음에는 부모님의 손에 이끌려 방문하지만, 초등학교 입학 후 스스로 방문하는 어린이도 상당한 편이다. 책을 통하여 상처를 치유받을 수 있음은 도서관이 가족과 학교와 이용자 모두 소통하며 함께 상생하는 관계라고 생각한다.

하루에도 수백 명이 드나드는 우리의 도서관이다. 분류된 자료실마다 분위기도 따로따로이다. 유아 자료실에는 희망과 행복, 웃음이 팡팡 피어나고 어린이 자료실에서는 아이들 특유의 소란스러움과 총총걸음에 통통통통, 끊임없이 요란스러운 뜀박질 소리가 들리지만 모든 것이 사랑스럽다. 중고등학생들이 우르르 우르르 몰려다니는 부산스러운 시험 기간, 도서관 전체가 들썩거리며 북적거리는 느낌의 방학 기간, 조금은 소란스럽지만 학생들이 공부하려고 도서관으로 찾아오니 그들의 마음이 예쁘게만 보인다.

조금 정숙하면 좋겠지만, 아이들의 특징인 무리 지어 다니며 가랑잎 지나는 것에도 까르르 웃어대는 사춘기이니 어쩌랴. 성인 자료실에는 조용조용 조심스러운 분위기에 더불어 책상에 앉아 자신의 꿈과 희망을 향하여 몰입하는 청년이나 중장년들의 어깨가 매우 무거워 보여 내게 요술 방망이라도 있다면 슬쩍슬쩍 그들의 힘겨움을 덜어내고 싶다.

지속해서 보이다가 안 보여 궁금했던 이용자가 활짝 웃으며 입학시험에 합격했노라고, 취업에 합격하였다고, 인사차 방문하면 더없이 흡족한 마음에 나도 모르게 덥석덥석 손을 잡아 진심으로 축하의 말을 전한다. 기쁨의 여운이 얼마 동안은 마음에 잔잔하다.

이제 도서관은 도서 대출과 반납뿐만 아니라 이용자가 무엇을 요구하는지 무엇이 필요한지를 파악하며 상담자의 역할도 병행할 수 있어야 한다고 생각한다. 순간순간 생각하지 않았던 질문에 설명해야 하고 놀이터인 양 서가 사이를 쿵쾅거리며 작은 뜀박질을 하는 아이들에게 왜 질서를 지켜야 하는지 지도하며 나와 이웃의 관계를 쉽게 알려주기도 한다.

안전한 환경이라지만 순식간에 넘어져 사고가 발생하기도, 자신의 속 상한 마음에 억지 구실을 만들어 이유 같지 않은 이유를 주장하며 화를 내는 사람도 더러 있다. 그와 반대로 수고한다며 방문할 때마다 환한 미소를 건네는 분들이 더 많으니 힘겨움은 덜어진다.

더러는 자신이 걸어온 얘기를 들어주기를, 자신의 아픔을 알아주기를, 삶에 지쳐 있음을 보아주기를, 절망에서 위로받기를, 그분들이 건네는 말 속에서 알아채곤 짧은 시간이나마 진심으로 들어주기도 한다.

오래전 도서관의 모습과는 많이 변화되었다. 이웃에게 열려 있는 낮은 문이 되어간다. 나만의 생각일지 모르지만, 주민들과 어깨를 나란하게 유지되는 지역 모든 이의 도서관이라고 표현하고 싶다. 동서고금 역사 속을 드나들며 지구 전체의 정보를 열어가는 공간임이 확실하고 책 속에 길이 있음도 확신한다.

도서관에서 일할 수 있어 행복하다. 분류별로 빼곡한 서가, 동서양과 고대와 현대를 잇는 공간에서 사람들을 만나고 그들의 이야기를 들으며 위로를 나눌 수 있어 감사하다.

매일 출근하기 전, 오늘도 감사한 시간이 될 수 있도록 짧은 기도를 하고 문을 나선다. 문을 열면 책 특유의 냄새가 나를 반기는 곳, 수십만 권의 도서가 자리한 서가 사이를 거닐며 책들과 눈인사를 건네며 오늘도 누군가 책을 통하여 치유되기를 바란다.

서비스를 요청하고 제공하는 사람들과의 관계 속에서 나를 내려놓고 손에 책을 들고 돌아서는 유아부터 노년, 이용자 모두의 발걸음이 가벼워지면 좋겠다는 생각으로 등 뒤에 대고 들릴 듯 말 듯 혼잣말 인사를 잊지 않는다.

"자주 오세요! 희망을 찾으세요! 복된 내일이 올 것입니다!"라고.